KB024173

사랑이 너무 멀어 올 수 없다면 내가 갈게
내가 먼저 달려가 꽃으로 서 있을게

보내지 않았는데 벌써 갔네

허림 산문집

달아실

보내야 오겠지만 보내놓고 보면 당신은 너무 멀리 있다.
보고 싶어 달려가고 싶지만 가지도 못할 곳에 당신은 가 있다.

사랑하는 사람이 보고 싶다.
보내지 않았는데 벌써 갔다.
언젠가 보내야 하고 언젠간 떠나야 한다.
만나는 연습을 하고 헤어지는 연습을 한다.
사랑한다는 것도 마찬가지일 것이다.

아름답다는 것은 마음의 언어다.

무엇 하나 마무리 짓지 못한 이야기들을 마음 닿는 대로 썼다.
마음 내키는 대로 떠나기도 하고 돌아오기도 했던 날들의 기억
이다.

내면의 이야기와 엄마와 살았던 날들을 떠올려본다.
모두 사랑한다.

2021년 가을
오막에서

차례

작가의 말   4

1부. 버덩말 돌배나무집

밤 풍경   16

그것만으로도 족하다   17

버덩말 돌배나무집   18

눈이 슬프게 온다   20

내가 나무를 닮는 시간   21

저녁   22

법당   23

그대의 배경이 될 때 사랑은 온다   24

사월의 폭설   28

꽃등 아래 앉아서   29

오막에 눌러앉다   30

집으로 돌아가자   31

추억을 생성하는 길   32

행여나 누가 봤을까   34

사랑하지 않았는데 사랑한 것처럼   36

별꽃이 보여준 것들   38

가을에는 가을하고   40

노루 떼   42

잠이 잘 왔다   43

별을 부르다   44

개복상과 별   46

고요가 향기로운 곳   47

2부. 마중

마중   52

기다리지 않아도 되는 당신에게   53

봄편지   54

끝   56

안개   57

용대리 북엇국집   58

오늘만 살자   59

첫눈   60

바람의 사원   61

입맛   62

저녁 둘레 여행   63

풍천   64

짐승이 산다   65

능파대   66

배찻국   68

광고   70

밤이 환장하게 밝네   71

수박풀꽃   72

가을밤   73

일곱 살의 숲   74

자작나무   75

꽃이 깨어나는 시간   76

뱀눈나비   78

그 지점   79

속아줄 때가 있잖아요   80

봄의 약속   81

그대와 탱고를   82

취한 무늬의 시간   83

믿음   84

내가 슬프게 살 수밖에 없는 까닭   85

묵나물   86

들꽃   87

처음이라는 말   88

새벽 푸른빛이 어리는 동쪽 창문   89

돌아보건대   90

사월처럼   91

하관   92

시인이 되려면   93

난리치며 사는 즐거움   94

기도   95

바람이 화두를 묻는다   96

비 혹은, 꿈   98

3부. 겨울은 어디나 춥다

계방산 100

노을 붉은 향기 102

눈길에선 걸음이 불안하다 103

심봤다 104

숲에 살면서 숲에 산다는 것을 잊어버린다 106

눈 - 흰빛의 평화 107

가을을 보내주다 108

겨울은 어디나 춥다 109

체리나무를 얻다 110

눈과 비의 오버랩 111

오월의 몽롱 112

아침 고요 113

깜깜 114

감자꽃길을 걷다 115

꽃밭 116

편지 117

가을이라는 거울 118

부강지 119

4부. 내면이 품은 말들

괴기 잡아먹고 갈래?   122

길이란 큰 여백이다   124

스스로 묻고 스스로 답을 찾으라는 듯   126

빈집 안방 문 위에 걸린 액자 속 사진   131

내면이 품은 말들   132

방태산 土地之神 祝文   139

동막골   141

누룽지   143

북어   145

정애비   147

일요일   149

봄철 천렵   152

눌언동   154

도시락   156

5부. 나무는 시간의 박물관이다

이월   160

내가 섬기는 신들   162

즐거운 일   163

신 내리는 시간   164

연어   165

4월   166

꽃아, 왔구나   167

등   168

너의 봄과 나의 겨울은 같은 시간에 움직인다   169

나무는 시간의 박물관이다   170

이광영 화가의 집에서   172

횡설   174

수설   175

밤바다의 말   176

6부. 보내지 않았는데 벌써 갔네

간절 178

생의 기억 179

시 쓰는 게 직업이라니 180

내린천에 산다 182

꽃과 내가 만나는 지점에서 184

잠이 오네 185

엄동에 꽃을 보다 186

거울 187

가볍고 따듯하고 맛깔스런 서정 – 강물 188

시월의 어느 날 190

들깨감자탕 191

가을 강 여행 192

아라리 194

삼척 김 씨 할머니 196

저녁 초대 197

시계 198

앞개울 200

불을 꽃으로 피워내는 사람 201

감자 싹을 줍다 202

찔레꽃 필 무렵 204

씨구워서 205

엄마의 이름　　　　　　　　　　206

욕심　　　　　　　　　　　　　208

시월　　　　　　　　　　　　　210

초당을 걸으며 가시연을 보다　　211

가을 밤 기차를 탔다　　　　　　214

그늘　　　　　　　　　　　　　217

솔모정 할아버지　　　　　　　　218

자연에서 온 말 받아쓰기　　　　220

"사랑이 너무 멀어 올 수 없다면 내가 갈게"

밤 풍경

오막의 밤은 캄캄하고 적적하다.

밤의 원시성을 잃지 않았다.

어둠을 깁는 별들이 총총하다.

먼저 하늘로 간 내 아는 이름들이 별로 뜬다.

그들은 나무가 되고 강이 되기도 한다.

오늘은 봄밤의 꽃으로 핀다.

그 향기는 아직 잊지 못하는 말이 되어 속삭이는 듯하다.

오래전부터 불안과 슬픔이 꿈으로 오기도 하고 내안에서 석순
처럼 자라기도 했다.

밤하늘의 별을 오래 바라다보면 내안의 우울이나 조울이 사라
지기도 하고

또 그대가 개별꽃처럼 웃어주던 별로 뜨기도 한다.

살면서 슬퍼지는 게 생이다.

슬퍼지는 일 많아지는 게 아직은 살 만하다는 징조일 것이다.

슬픔을 느끼지 못하면 삶도 내려놓을 때가 되었다는 당신의 말
씀이 생각난다.

요즘 따라 이별이 섭섭하지도 아쉽지도 않다.

그것만으로도 족하다

첫눈 내린 이후 나는 계속 떠돌아다녔다.

강릉을 돌아 대구를 떠돌고 포항을 돌아 부산을 떠돌아다녔다.

밤이건 낮이건 떠돌아다녔다.

지겨울 만도 한데 눈만 뜨면 또 어디론가 가고 있다.

어제는 영동을 갔다.

오일장이 서는 날이었다.

기차를 타고 가면서 감나무에 매달린 감을 보고 싶었다.

그러나 감보다는 늙은 어머니 젖꼭지같이 말라붙은 고욤을 보고 싶었다.

감의 종자이면서 감 축에 끼지 못하는 고욤.

햇살과 바람과 추위에 얼마나 깊은 맛이 들었을까?

지금은 아무도 고욤을 먹지 않는다.

밤늦은 탓에 고욤은 물론 감나무도 볼 수 없었다.

영동의 춥고 어두운 텅 빈 거리만 배회하다 왔다.

그것만으로도 좋았다.

버덩말 돌배나무집

오막 버덩말 돌배나무집은 아직도 날마다 부강지에 불을 땐다.
주로 큰 솥이 걸린 지북솥 부강지에 군불을 넣는다.
장작을 한아름 안아다가 부강지에 넣고 불을 사룬다.
지북솥 한가득 물이 끓는다.
고물개로 한 부삽 그러모아 화로에 담고 굴뚝쇠를 걸고 국을 해
앉히거나 자반이나 새치, 절여둔 물고기를 석쇠에 얹어 굽는다.
부강지 앞에 어질러진 쓰레기를 목비로 쓸어 안에 넣고, 지북솥
에서 한 바가지 물을 떠 대야에 담고 머리를 감는다.

아침저녁으로 밥을 지어야 했던 시절에는 밥 짓는 일이 큰일이
었다.
어린 우리들은 문지방에 걸터앉아 주먹만큼씩 뭉쳐주시는 누룽
지를 기다리기도 했다.
특히 저녁에 식구들이 늦을 때 엄마는 주발에 밥을 담아 아랫
목 이불 속에 묻어두었다가 밥을 차려주기도 했다.

산촌의 하루가 저문다.
가끔씩 배나무집에 모여 군불을 넣고 잉걸불을 그러내 화리에
담아 삼겹살을 구우며 날궂이를 하거나 가래떡이나 앵미리를 쭈
질러 먹었다.
가끔 절에*에 사는 아우가 물고기를 잡아 와 매운탕을 끓여 먹

기도 했다.

내리는 눈을 바라보며 나누는 덕담이 눈처럼 쌓인다.

* 절에: 광원3리 마을 이름.

눈이 슬프게 온다

어제는 사랑했던 사람들을 돌려보내고
구불구불한 길을 돌아 뼈랑을 돌아
을수 대산이 아래 토굴을 찾아들었다.
이미 와 자리 잡은 날 쥐들이 까만 눈을 반짝이며 살피더니
아무 일 아니라는 듯 매달려 잔다.
이 토굴에는 한낮에도 어둠이 우렁우렁 울고
어린 짐승들이 울기도 한다.
며칠 째 굶은 탓에 배고픈 줄도 모르고
매정하게 돌려보낸 애인들이 무슨 말을 했는지 토굴이 웅성댄다.
다시 만난다면 인연이다.
통화권 이탈의 안테나에 고드름이 자라는 토굴은 절벽이다.
꿈속에 나타나도 놀라지 말았으면 한다.
눈 내리는 날은 푸근해서 날뛰기 좋다.
개들도 쥐들도 근성이 살아나나보다.
눈 내리면 토끼 풍기러 가는 사람들이 웅성웅성 고라데이로 가고
백리 밖 누구는 비료 푸대 써르매를 탄다.
눈은 그리움을 품는다.
우선 살려면 그리움을 버려야 할 것 같다.
잃어버리거나 사라진 것들은 모두 옛날에 있다.
옛날을 어쩔 것인가
옛날이거나 옛 애인이거나 그리워지는 것들이 슬프게 한다.
그런 날은 눈도 슬프게 온다.

내가 나무를 닮는 시간

서너 달 동안 산으로 여행을 떠났다.
밤에 출발하여 새벽에 닿는 산문은 고요가 깊다.
산문을 지나면서 내안에 잠행하던 말들이 말문을 연다.
푸른 새벽에 듣는 말이 이슬처럼 투명하다.
지난 번 월정사에 갔다가 돌아오는 길에
대관령 옛길을 따라 잠깐 걸었다.
바람은 얼음처럼 차고 눈이 깊었다.
어둠 속에서 나무들이 몸을 떠는 소리가 들렸다.
나무들은 몸의 한쪽을 비우고 서 있었다. 그래야 했으리라.
고갯마루 나무들처럼   내 몸이 자꾸 한쪽으로 기울어지는 것
을 느꼈다.
고원의 나무들이 바람이 불어가는 방향으로 몸을 뉘여야만 한
다는 걸
지금 내가 느끼는 거다.
바람에 순응하며 바람이 닿는 살점을 모두 떼어내고
반편의 나무로 사는 것이 이 마을 나무들 같은 오래된 숙명이다.
나무의 한쪽이 길어진다는 게
남쪽을 향한 그리움이고 햇살에 닿기 위한 몸부림이지만
이곳에선 그런 그리움은 허울이고 가식이다.
오로지 고원의 나무로서 버텨내기 위한
몸부림이다.
나는 지금 그 나무처럼 기울어진다.

저녁

저녁이 온다는 것은 걱정거리 하나쯤 미뤄두고 싶다는 것
무얼 먹을까 고민하다가 끝내 라면을 끓인다는 것
너무 일찍 자면 자정이 되기도 전에 깨어
고여 있는 어둠 뜬 눈으로 다 퍼내야 한다는 것
그래도 저녁이 온다는 것은 어디로든 흘러가도 좋다는 것
고삐에 묶였던 생각들과 함께 놓여나 흥청이고 싶은 것
그나마 부질없는 꿈이라도 기대하게 하는 것

저녁이 이끄는 힘은 얼마나 센가.
모두 집으로 간다.

법당

사랑한다는 것은 내안에 당신을 모시는 일이다.

그대의 배경이 될 때 사랑은 온다

내면에 오막을 지었다.

오막이란 오막살이다.

그 옛날 한 칸 정도의 작은 집이다.

음악을 들으면서 밀린 책도 보면서 삶의 오막을 맞이하는 토굴인데 집에 들고 보니 호젓하다.

몇 해 전에 〈님아, 그 강을 건너지 마오〉의 무대가 된 작은 집을 간 적이 있다.

원주에 사는 한 시인과 횡성의 시골을 찾아다니던 때였는데 갑자기 길을 바꾸어 모 방송의 〈인간극장〉에 방영된 '아이처럼 아름답게 사는 노 부부'가 있다며 가게 되었다.

늦가을 저녁이었다.

곱게 한복을 입으시고 할아버지는 불을 때고 할머니는 저녁을 준비 중이셨다.

화로에선 청국장이 끓고 문지방 너머 강아지가 부엌 쪽을 바라보며 앉아 있었다.

평범한 시골의 저녁 풍경. 이야기는 늘 풍경 너머에서 시작한다.

이들이 만난 것은 78년 전으로 거슬러 올라간다. 할아버지는 스무 살 청년이었고, 할머니는 열한 살 어린 소녀였다.

할아버지는 머슴이었고 할머니는 주인집 따님이었다.

할아버지는 늘 마음씨 좋은 오빠였고 할머니는 어리광을 피우는 철없는 소녀였다.

머슴과 주인집 딸의 관계가 오빠와 소녀의 관계로 발전한 것은 소녀가 품은 사랑 때문이라고 할머니가 수줍게 들려주셨다.

그 이야기는 다시 다큐멘터리 영화 〈님아, 그 강을 건너지 마오〉로 만들어졌다.

주인공은 98세 조병만 할아버지와 89세 강계열 할머니이다.

이들은 76년째 연인이다.

소녀 감성 강계열 할머니와 로맨티스트 조병만 할아버지 주연의 영화는 다 살아보고 나서 들려주는 사랑 이야기이다.

그들은 사랑을 말로 하지 않는다.

천진난만한 순순한 마음을 몸으로 그때그때 미루지 않고 보여준다.

마음속으로 생각한 것을 그냥 그대로 보여주는 것이다.

'다음'이라는 말은 그들에게는 없다.

그들은 서로의 배경이 되고 늘 함께한다.

배경이란 추억이 쌓이는 곳이다.

횡성의 장날이나 횡성의 크고 작은 잔치 마당을 그들은 맘껏 보고 즐긴다.

사랑을 나누어보지 못한 사람은 어색하게 보일지 모르지만 그들에게 있어 삶이란 사랑을 나누는 행위이다.

76년을 이어온 삶 동안 사랑이란 자기표현임을 알게 된 것이리라.

배경은 앞에 나서지 않는다.

내 삶의 이면에 존재하는 그대가 있는 것이다.

우리는 뿌리는 못 보고 꽃을 보는 시대에 살고 있다.

그러나 꽃병의 꽃도 꽃으로 사는 동안 뿌리를 내리려 애쓴다.

꽃만이 아름다운 것이 아니다.

아무도 그늘이 되는 아니, 배경이 되는 삶에는 눈길을 주지 않는다.

사랑이란 누군가의 배경이 되고, 그늘이 되어주는 것이다.

오래전에 강물을 따라 걸어간 적이 있다.

산골짜기에서 시작된 물줄기는 마음이 급해서 낮은 곳이라면 어디든 흘러간다.

요란하게 흘러가는 산골짜기 물살이 비로소 너른 강에 이르면

거친 물결도 소리도 잠잠하게 잔다. 돌멩이 하나에도 가슴을 열어주는 마음을 품는다.

늦은 저녁이나 아침, 물결이 밀려와 풀어놓는 물의 이야기를 듣는다.

폭포처럼 격하지도 급하지도 또 우렁차지도 않다.

속까지 다 보여줄 듯하지만 물그림자를 그려 보여주지 않는다.

수면은 세상의 거울이 되어 바라보면 닿을 수 없는 하늘이나 하늘의 구름을 띄워놓는다.

오래 바라보면 바람 같은 소리가 들린다.

작은 속삭임이다.

이미 그런 삶을 다 살아보았기 때문에 다 알고 있다는 듯 마음에 와 속삭인다.

지극에 닿아본 사람은 안다.

누구나 보이는 것을 볼 뿐이지만

시인은 보이는 것의 배경이 되는,

그대의 사랑을 보는 눈을 가져야 한다.

사월의 폭설

갑작스런 봄이거나 느닷없는 눈.

아무 생각 없다.

냉이꽃 우에 꽃다지꽃 우에 생강나무꽃 우에 산수유꽃 우에 머리 우에 잠시 눈이었다가 눈물인 당신들이 만든 플래시 몹(flash mob)이다.

꽃등 아래 앉아서

길가에 복상나무 한 그루 심어놓고
더도 말고 다섯 개만 얻어먹었으면 바랄 것이 없겠다고 했다.
한 해 두 해가 지나고 가지가 길 한가운데로 내뻗는다.
오가는 데 걸리적거려 가지를 잘라주기도 했다.
겨울 어느 날 돌개바람이 불었고 가지가 뚝 꺾였다.
바람에 부러진 복상나무 가지에서 곁가지가 났다.
가려던 곳으로 더는 못가고 곁가지를 내어 새로운 길을 찾은 듯
하다.
첫 가지는 동향의 햇살이 잘 드는 쪽으로 길을 잡았다.
그 가지 끝에 방을 들이고 꽃을 피우고 둥그런 달을 달았다.
여러 개 달을 달아 두 개만 남겨두고 다 솎아주었다.
그 이듬해엔 반대쪽 서향의 노을이 잘 드는 쪽으로 가지를 뻗더
니 방을 들이고 등을 달았다. 복상나무는 스스로 길을 내어 복상
의 우주를 만들었다.
뿐만 아니라 세상의 모든 나무들은 다 저만의 우주를 이루고
살아간다.
복상은 비와 바람과 햇살과 흙의 기운을 받아 빛이 돌고 물이
올랐다.
세 개를 따 천신을 했다.
또 봄이 와 복상나무에 꽃이 피었다.
한 해 한 해 스스로 집을 짓고 방을 들이고, 꽃등을 다는 복사
의 봄밤
넉넉하고 푸근하다.

오막에 눌러앉다

오막으로 드는 길 가생이
돌 골라내고 현삼덩굴 싹 뽑아내고 거름 펴 흙 뒤집고
두어 발 두렁을 지어 강냉이를 심구려 했다.
그냥, 맨밭에 심는 걸 보고 동네 이웃들이 "해봐라" 한마디씩
거드는데
'와서 풀도 한번 매주지 못할 텐데 그냥 심는다는 건
고라니 집을 만들겠다는 것밖에 더 뭐가 있겠냐'는 것이다.
성화에 결국 씌울 수밖에 없었다.
가끔 오막에 든 날이면 할 일이 참 많다.
눈 마주쳤던 두릅도 돌봐야 하고 쇠고기보다 맛있는 고비밭도
돌아봐야 하고 취나물 곤드레 곰취 고사리 산마늘……
그 향기로 일주일의 피로를 풀어내야 하는데 쉬는 날이 더 바쁘다.
거름을 펴고 사나흘 지난 오늘
검은 비닐을 씌우고 개울 물소리에 속살까지 씻어내며
산마늘에 더덕을 싸 저녁을 먹는다.
소쩍이가 울고 간 밤 풍경을 바라본다.
첩경-틀림없이-휘파람새가 올 것이다.
오막에 눌러앉기로 한 날이다.

집으로 돌아가자

인연이란 집을 짓는 일이다.
나는 너의 집이 되고, 너는 나의 집이 된다.
집이 없는 나는 늘 집이 그립다.

저녁이 되자 엄마는 집으로 불러들인다.

"아직 해가 남았어요."
"해는 늘 거기에 있단다. 우리가 돌아가야지."

추억을 생성하는 길

광암리 군유동이나 홍천강가 도사곡이나 내면 살둔마을을 지날 때면

잠깐이지만 시간 여행을 떠나는 기분이다.

고개 넘고 굽어 도는 길을 따라 다문다문 자리한 집들과 마을을 휘감아 도는 강물은 현세를 떠나 전생으로 드는 길처럼 새롭다.

평화롭고 고요가 서린 과거 어느 왕조의 산골짜기를 지나고 있다는 생각이 든다.

오지를 찾는 여행자도 아니지만 이곳에서는 시곗바늘이 천천히 돈다.

마음이 바쁘고 몸이 바쁜 사람들은 이곳의 흐름을 느끼지 못할 테지만 모든 것이 천천히 느릿느릿 오고 간다.

아침 해도 늦게 들고, 우체부도 오후 늦게 온다.

다만 저녁은 빨리 온다.

별이 일찍 찾아왔다가 계면쩍게 저 혼자 반짝인다.

느림은 빠름의 반대가 아니다.

느림은 추억을 생성한다.

문명의 속도로 달려가려는 삶의 속도가 아니라 내 발걸음의 보폭에 맞추어 살아가는 자연의 보행이다.

더디게 온 듯하지만 벌써 여름의 문턱을 넘어섰다.

시간에 순응하며, 천천히 자신의 마음을 맡기는 일이 아직 익숙

하지 않지만 고개를 넘다보면 내 삶의 속도가 얼마나 빨랐는가를 느낀다.

늦봄이 가야 초여름이 온다.

서둘러 오는 것은 들뜬 사랑뿐이다.

행여나 누가 봤을까

복숭아가 익었다.

사월에는 꽃이 피어 한동안 울긋불긋 길이 환했다.

늦추위가 와서 꽃이 얼기도 했지만

다행히 가루받이가 잘 됐는지 초록의 눈망울을 매달더니 금세 물이 올라 색이 돌았다.

복숭아가 익기를 기다린 건 나뿐만 아니었다.

뒷산에 사는 지빠구리와 말바다리, 장수말벌, 쌍살벌, 뱀눈나비, 다람쥐 등등

단물을 좋아하는 녀석들이 오가며 눈여겨본 것이다.

처음에 찾아온 건 지빠구리였다.

이 녀석이 잘 익은 복숭아를 파먹고 가면 말벌이 떼로 달려들어 국물을 빨기 시작하는데,

어떤 녀석은 날지 못할 만큼 먹고 땅 위를 기어 다니기도 한다.

오가는 사람들도 하나씩 맛을 본다.

"하나 따 먹고 가요."

소리치고 간다.

하나쯤 맛을 보자는데 어쩔 수 없다.

결국 태풍이 온다고 하던 날 여든의 어머니가 하명을 하신다.

"다 따라!"

결국은 다 땄지만 그 다음이 문제였다.

동네 이웃들에게 한 바구니씩 돌렸어도 남은 게 많다.

읍내에 몇몇 아는 사람들까지 불러 한 봉지씩 돌려주고 나니 먹을 만큼 남는다.

복숭아가 익을 무렵 내게도 남모르게 부끄러운 시절이 있었다.

짝사랑이어도 좋고 첫사랑이어도 좋다.

그 시절이 되면 괜히 마음이 따듯해진다.

여름 끝자락에 복숭아를 먹으며 난설헌 허초희(蘭雪軒 許楚姬, 1563~1589)의 시 「채련곡(采蓮曲)」을 읽는다.

마지막 구절이 마음에 닿는다.

"행여나 누가 봤을까 한나절 부끄러웠네(或被人知半日羞)."

사랑하지 않았는데 사랑한 것처럼

남자들은 알지.
한 번쯤은 콩나물국을 끓여야 한다는 것을.
척척 신 깍두기국물이 있거나 시금시금한 열무김치가 남은 저녁
에는
콩나물 한 봉다리 사가지고 가야 한다는 것을.
꼭 혼자가 아니어도 며칠 몇 주를 살아야 할 때
주린 속을 혼자 술로 허둥대다가 또 하루쯤 굶었다가 다시 맞
는 저녁에는
콩나물국이 입맛을 당긴다는 것을.
어떻게 끓여도 비슷한 맛이 비릿하게 우러난다는 것을.
싱싱한 콩나물일수록 더 깊은 비린내가 난다는 것을.
한 번쯤 아니 습처럼 끓여본 남자들은 안다.
냄비 뚜껑이 들썩들썩대며 삐지고 나오는 살의 비린내가 콩나
물의 참맛이 아니라는 걸.
그때 뚜껑을 열면 생의 거처마다 비릿하게 배이는 슬픔처럼
제맛을 울궈내지 못한다는 것을 비로소 남자들도 알게 되지.
한 번 끓어 넘쳤다고 콩나물국이 다 된 건 아니라는 것.
진국이란 살에서 우러나는 게 아니라
살을 내려놓고 그 국물에 총각김치국물로 간을 맞추는 것.
또 홀로 저녁상을 차려놓고
이마에 흐르는 땀으로 간간하게 맞추어야 한다는 것.

콩나물국을 끓여야 하는 저녁이 오면
대충 읽고 지나간 시 한 구절을 기억해야 한다는 것을.
사랑하지 않았는데 사랑한 것처럼 따듯한 저녁을.

별꽃이 보여준 것들

오디가 한창 익을 무렵에 산막골에 간다.

저녁 여섯 시의 햇살이 산 구비구비 파도처럼 물결진다.

바람에 떠밀려가는 우리들의 걸음이 어느덧 어둠 속으로 잠기고

밤 북한강 호수의 물결소리가 밀려온다.

산막골은 소양댐이 만들어놓은 육지 속의 섬이다.

섬 기슭에 기대어 투명한 어둠을 통해 고즈넉이 바라보는 별들이

너무 곱다.

이런 어둠을 만날 수 있다는 건 참 기분 좋은 일이다.

언젠가 강릉에 간 일이 있었다.

보름날 저녁이었고, 하늘엔 달이 떴다.

경포의 달은 일곱 개라던가.

그러나 달은 밤새도록 터지는 폭죽에 산산이 부서지고,

은은한 달빛이 스며드는 창가에서 하룻밤을 자겠다는 소박한

꿈은

뜬눈으로 지새워야 했다.

밤은 어두워야 제맛이다.

산막골의 어둠은 오석처럼 투명하다.

바람소리 물소리처럼 맑다.

어둠 끝에서 명멸하는 것들의 움직임마저 선명하다.

너무 아름다워 잠을 이룰 수 없다.

새벽녘이 되자 안개가 앞마당까지 가득 차오른다.

안개의 바다 속에 다시 산막골은 둥둥 떠다닌다.

어둠에서 안개로 다시 안개 속으로 햇살이 쏟아져 내린다.

앞마당엔 망초대와 토끼풀이 무리지어 하얀 꽃들을 밀어 올리고,

밤에 보이지 않던 오디가 산뽕나무 가지마다 까맣게 익고,

덩굴줄기의 가지에는 멍석딸기가 빨갛게 익는다.

그때 나의 발을 붙잡은 것이 있었다.

너무 작아 눈에 보일 듯 말 듯한 작은 꽃들이 저잣거리를 이룬 꽃밭이었다.

발을 멈추고 몸을 낮추었다.

그제서야 풀잎 사이사이 피어난 현호색 별꽃이 고 작은 몸짓을 보여주었다.

누구나 별꽃만큼의 아름다움은 가지고 있다.

그 꽃은 생의 한 순간이다.

순간을 꽃은 최선을 다해 피워내고 있다.

아름답다는 것은 자신이 보여주는 삶의 한 순간이다.

별꽃을 보며 나는 열심히 살았나 묻는다.

가을에는 가을하고

가을이란 내가 나를 그리워하는 시간이다.

모든 것이 소소해지고, 흘러가는 것들만 흘러간다.

햇살이 아침 한나절 안개 속에서 뭉그적댄다.

안개가 서서히 물러나면 아랫집 방 씨네는 햇살을 골라 멍석을 깔고 콩을 펴 넌다.

점심때쯤 도리깨질을 하고 거른대로 콩섶을 추려냈다.

노란 빛깔의 콩이 햇살처럼 반짝인다.

콩마당이 끝나면 얼추 일 년 농사는 마무리에 든다.

탈곡기로 벼 타작하던 시절에는 바심이 가까워지면 진흙으로 마당을 발랐다.

마당 둘레에 멍석이나 자리 가마니로 벽을 치고, 추녀 높이만큼 볏단을 쌓고 타작을 했다.

볏짚 가스레기가 옷 속으로 들어갈까 봐

목과 머리는 수건으로 여미고 손목과 발목은 토시를 꼈다.

어린 우리들은 탈곡한 짚단을 한아름씩 안아다가 둥글게 혹은 네모지게 쌓았다.

점심에는 이밥에 닭국을 먹었다.

닭국은 무꾸와 대파를 썰어 넣었고 소금 간을 했는데 정말 먹을 만했다.

벼 타작이 끝나면 이삭줍기를 했다.

대충 줍고 나면 닭들을 풀어 논으로 내몰았다.

우리에 갇혀 살던 닭들은 우리 주변을 맴돌다가 수탉이 나가면 우르르 따라 나갔다.

사나흘이 지나면 닭장 문만 열기를 기다렸다는 듯 논으로 밖으로 몰려나갔다.

진흙으로 바른 마당에선 콩마답을 했다.

메주콩을 먼저하고 서리태콩은 나중에 했다.

마당 한가득 쫙 깔아 널고 도리깨질을 했다.

두 사람씩 양편에 서서 장단을 맞추거나 소리를 주고받으며 두드려댔다.

한 순배 돌면 뒤집고 또 도리깨질하고 걷어내고 다시 깔고 하루 종일 타작을 했다.

타작이 끝나면 콩깍지는 소먹이로 여물 칸에 쌓았다.

우리 형제들은 튀어나간 콩을 줍거나 진흙 마당에 백힌 콩을 파냈다.

콩마답은 그게 끝이 아니다.

겨우내 개다리소반에 펴놓고 여문 거와 벌레 먹거나 찌그렝이를 골라야 했다.

그리고 메주를 쑤었다.

그날은 콩으로 배가 불렀다.

그날의 내가 지금의 나일지는 모르겠다.

노루 떼

햇살이 든다.
가볍게 문틀을 넘어온다.
방안이 환하고 따듯하다.

어제는 친구가 다녀갔다.
밤늦게 배웅하고 돌아오다가 노루 떼를 만났다.
다섯 마리쯤 되었다.
달빛이 환한 큰길을 어슬렁거렸다.
놀라 급히 섰다.
덩치가 큰 녀석이 숲으로 뛰어 들어갔다.
이어 두 녀석이 숲으로 사라졌다.
무슨 일인지 알지 못한 두 녀석은 뒤를 돌아보며 길을 따라 걷는다.
하얀 꼬리의 뒤태가 아름다웠다.

오막에 들면서 처음 만난 야생의 원주민들이다.
오래 기억될 것이다.

잠이 잘 왔다

가을이다.

산중턱 휘감은 안개를 뚫고 대처로 내려오는 길은 이미 갈맷빛으로 깊어졌다.

푸른 물빛이 서서히 빠지고 노랗고 붉은 빛이 든다.

봄은 어느새 온다 하고 가을은 문득 온다 한다.

'문득'이란 어감이 좋다.

문득-쓸쓸함 곁에 두고 가을을 맞는다.

그리운 것들이 더 그리워지는 날이다.

꽃들의 색감이 화려해지는 날이다.

풀벌레의 울음도 달빛 따라 멀리 선명하게 흘러가는 날이다.

오막의 하루하루가 새날처럼 새롭다.

산그리메 푸른 그늘을 늘이던 숲은 그 삶이 얼마나 무성하고 장엄했는지

그동안 보여주지 않던 꽃을 피운다.

삶의 마지막이 단풍처럼 황홀하다.

괜히 가을스럽다.

내가 가을하지 않다면 누가 가을할까.

별을 부르다

싸리비는 언제 쓰러졌는지 눈을 뒤집어쓰고 있다.

툭툭 털어 벽에 진대놓는다.

바람이 세게 불면 또 쓰러지겠지만 두고 볼 일이고, 문을 연다.

오래 비워둔 문 저쪽이 낯설다.

서늘한 것이 얼굴에 안긴다.

반갑다는 몸짓이다.

좀 외롭자고 우정 찾아오는 곳이다.

쓸쓸하고 외롭다는 것은 오막의 원시성이 남아 있다는 증거이다.

혼자서 즐기는 즐거움을 뭐라 할까. 혼즐?

내 스스로 만든 즐거움이어서 남다르다.

오막 문을 열면 나무향의 파동을 느낀다.

뿐만 아니라 나무며 나뭇잎이며 물이며 얼음이 나를 받아들이려는 미세한 떨림으로 자리를 내어준다. 오막은 공존의 방식을 내게 보여준다.

오늘은 촛불 밝히지 않기로 했다.

해가 산마루 너머로 지려면 한참은 더 기다려야 하고, 불을 켜기엔 너무 일렀다.

산노을에 어둠이 들 때까지 마른 꽃대궁 아래를 흙으로 덮어주기로 했다.

떨어진 씨앗들에게 내년의 봄을 선물하고 싶다.

노을이 지고 땅거미가 들면 하늘의 별들을 불러 놀기로 했다.

어제 헤어진 그대를 기다리듯 나를 기다리는 별 하나쯤 어디 있을 것 같다.

오막에선 밤도 고독처럼 향기롭다.

개복상과 별

구월 초하루 저녁,

집에 돌아와 보니 문간에 개복상 한 바가지가 놓여 있습니다.

이웃집에서 산에 다녀오다 따왔나 봅니다.

달빛도 그렁그렁한 마루에 앉아 복상을 먹습니다.

달빛 아래서 풀벌레 우는 소리, 엄나무 잎 흔드는 바람소리, 개울 물소리 들으며

개복상을 먹습니다.

물렁물렁한 복상 하나를 골랐습니다.

어둑한 달빛 아래서 먹다보면 입안에 복상 향기가 가득 고입니다.

또 뭔가 구수하게 씹힙니다.

더러는 시큼 텁텁한 맛에 자꾸만 침이 고입니다.

어둠이 깊은 서쪽에 유난히 밝은 별이 떴습니다.

내가 보고 싶었나 봅니다.

오늘은 더 반짝이고 환하네요.

너무나 외로우면 누구도 보고 싶지 않다는 말이 개복상 텁텁한 맛에 씹힙니다.

고요가 향기로운 곳

오막을 한동안 떠났다.

달포쯤 비워두었다가 아침에 들었다.

아랫녘의 지인들을 두루 만나고 양양서 하루 보낸 뒤 아침에 구룡령을 넘어 오막에 들었다. 달포 만에 드는 오막이 좀 낯설다.

설 지난 이월 중순이다.

우수 무렵의 오막은 새들의 사랑방 같다.

우르르 몰려다니는 작은 새들부터 상수리나무를 쪼아대는 딱따구리까지 다녀간다.

서로 눈 마주친 적 없지만 오랜 친구처럼 낯가리지 않는다.

아침마다 찾아오는 해가 조금 빨라졌고 골짜기의 얼음이 녹아 물소리가 낭랑하다.

겨울 끝자락임을 알린다.

낯선 소리에 흰둥이도 목청을 돋운다.

아침나절 살짝 내린 눈은 바람에 다 날아갔다.

'봄눈 녹듯 한다'는 말이 있다.

봄눈은 힘을 못 쓴다.

눈이 내리면 싸리비로 마당을 지나 큰길까지 내 쓸었다.

비질을 한 결이 좋아 우정 마당을 쓸기도 하고

가을이면 서너 자루 매두었다가 먼 데 사람에게 선물도 한다.

겨울을 나면 싸리비는 껑충한 몽당 빗자루가 되어 나뒹군다.

툭툭 털어 벽에 기대어 세운다.

오래 비워둔 문 저쪽은 낯설다.

문 안쪽에서 어둡고 서늘한 것이 얼굴에 안긴다.

반갑다는 몸짓이다.

한 번도 쓸쓸하다니 외로웠다니 서운했다니 내색하지 않는다.

오막은 내가 좀 외롭자고 자리한 곳인데 이는 토굴이 갖는 원시성을 나누고자 한 것이다.

혼자서 즐기는 적막이라 해도 무방하다.

적막을 건너는 고요의 파장은 햇살처럼 따스하다.

나를 감싸고 있는 피부처럼 나와 오막의 보이지 않는 인연의 파동을 느낀다.

그 진원지는 아마도 햇살과 바람, 봄을 맞는 새싹과 나무, 눈 녹아 흘러내리는 물과 하늘 그 속에 꽃으로 피는 달과 별과 구름일 듯싶다.

그들은 내안의 고요를 받아들인다.

그렇게 살아온 삶에 더불어 자리를 내준 듯하여 늘 고맙다.

문이란 문은 다 열어놓고

오랫동안 비워둔 적막을 흔들어 햇살을 들이고 바람을 불러들였다.

이어 물소리와 새들이 놓고 간 명랑과 날갯짓의 기운을 불러들인다.

저녁에는 촛불 켜야겠다.

별들이 찾아 밝히는 밤의 곳곳이 반짝이겠다.
오늘은 남쪽 하늘에서 파란빛의 별을 찾아봐야겠다.
그것도 인연이리라.
오막에선 고독도 향기롭다.

2부
-
마중

"말 한마디 그리운 저녁 얼굴 마주하고 앉아"

마중

사랑이 너무 멀어 올 수 없다면 내가 갈게

말 한마디 그리운 저녁 얼굴 마주하고 앉아

그대 꿈 가만가만 들어주고 내 사랑 들려주며

그립다는 것은 오래전 잃어버린 향기가 아닐까

사는 게 무언지 하무뭇하니 그리워지는 날에는

그대여 내가 먼저 달려가 꽃으로 서 있을게

기다리지 않아도 되는 당신에게

사월에 해야 할 일이 꽃 피우는 일 말고 또 무엇이 있을까요.

들창문 밖으로 쳐다본 하늘 구름이 피어나고 있습니다. 하얀 수국 한 떨기입니다. 당신의 웃음이 그랬다고 그려보았습니다.

푸른 하늘 배경으로 둥실 떠 있는 구름이 가는 쪽을 바라보았습니다. 지금 당신이 서 있는 곳에서 동쪽 하늘을 쳐다본다면 보일 구름입니다. 조금씩 서쪽으로 흘러가고 있는 바로 저 구름입니다. 지금은 해바라기같이 보이네요. 마음이 동하여 떠나고 싶다면 구름을 불러 서향이 붉은 바다로 가고 싶군요.

그런 생각을 하는 동안 나는 고개를 넘고 다리를 건너 일터에 도착했습니다. 발랄한 상상입니다. 꿈꾸는 날들입니다.

늘 함께 바라보는 하늘 아래서 오늘도 당신은 행복이었으면 좋겠습니다. 안녕.

봄편지

내가 그 사람을 사랑한다. 저 나무가 내게 붉은 꽃을 보냈듯 내가 꿈꾸는 그 사람에게 사랑한다, 고 편지를 쓴다. 이 봄에 사랑하지 않으면 모두가 낯설어질 것 같다, 고. 내 삶의 뒤안이 더 쓸쓸할 것 같다, 고.

세상의 뒤뜰을 서성이는 바람처럼 세상의 뒤뜰을 비추는 달빛처럼 그 사람에게 이 봄을 만날 수 있어서 사랑할 수 있다, 고 편지를 쓴다. 아니 시를 쓴다.

나의 상상력이 최고에 이르는 계절은 봄이다. 여백 같은 텅 빈 세상에 자신을 세우려는 것들이 조금씩 채워진다. 어떤 것들은 꽃으로 또 어떤 것들은 연둣빛 여린 잎을 열기도 한다.

모든 것이 피어나고 돋아나는 봄은 시인의 꿈과 너무 닮았다. 나는 아직 꽃처럼 이야기하는 법을 알지 못하지만 그 꽃이 내게 왜 왔는지 생각하고 있다.

꽃으로서의 삶을 지탱하게 해주는 것이 고작 꽃이나 피고 잎이 돋는 이 정도는 아니겠지만 내가 알지 못하는 꽃들의 그 세상은 참 환하고 향기롭고 아름답다.

꽃으로의 삶이 바로 시인으로서의 삶이라 생각한다. 시가 사라지고 또 시인이 사라진 자리가 환하고 아름다워야 한다.

과연 나는 시로서 살고 있는 것일까? 다시 이런 질문을 나 자신에게 하지 않기를 발원한다.

끝

빗소리를 듣고 있으면 그 옛날 읽은 솔베이지의 이야기가 들리기도 한다. 그는 솔베이지에게 돌아가는 중이고, 그녀는 페르귄트를 기다린다.

얼마만큼 기다려야 하는가.

길을 가면서 얼마나 더 가야 하는지 어디가 끝인가 묻지 않기로 했다.

끝은 늘 보였지만 그 끝에 닿은 적은 없었다.

안개

오대산에 다녀왔습니다.

비가 내리는 산행이었습니다.

상원사 종각 추녀끝에서 비를 피했습니다.

빗방울이 비껴들어 종을 때리고 있었습니다.

종은 빗물자국으로 젖었습니다.

젖는 저 소리

온 산에 젖어드는 빗소리가

종소리처럼 울렸습니다.

온 산이 안개로 가득했습니다.

용대리 북엇국집

구름의 문장이 사라지고, 무명의 하늘이 푸른 문장을 펼친다. 똥주개*가 몇 바퀴 돌더니 산 너머로 사라진다.

복바위 산 위에서 폭포수가 떨어지고 바람에 날린 물방울이 눈꽃으로 핀다. 용대리를 지나면서 칠십 노모가 끓여주는 부개국이 먹고 싶어졌다.

여기 어디쯤이었는데…….

저기다.

---

*똥주개: '솔개, 말똥가리, 황조롱이'를 부르던 홍천 사투리.

오늘만 살자

눈 다 녹고, 달롱 나생이 쏨바구 캐는 계절이 오면 나보다 조금 덜 멍청한 애인을 만나고 싶다.

지평선이 보이는 철원 같은 너른 곳에 가서 아침엔 동쪽 지평선에서 뜨는 일출을 보고 저녁엔 서쪽 지평선 너머로 해넘이를 보겠다.

두루미처럼 낟알을 주워 하루하루 살겠다. 인연이 닿는다면 나보다 눈곱만큼만 더 영악한 애인을 만나 강이나 산, 물고기나 꽃이나 나무를 아야기하며 종일토록 함께하겠다.

하루는 한탄강 바닥에 널린 돌, 가슴 숭숭 한 맺힌 돌을 주워 맷돌을 만들어야겠다. 어처구니 맞잡고 통통하게 불은 콩 드렁드렁 맷돌질하다보면 정도 들 대로 들지 않을까? 콩탕도 뒤비도 비지장도 입맛에 들 거구. 그렇게 살다가 토라져 서로 보고 싶지 않을 땐 직탕폭포에 뛰어들어 꺽지 몇 마리쯤 건져 와 맘도 풀고 속 푸는 매운탕을 끓여야겠다. 뜨겁게 한 대접 퍼먹으며 술 한잔하다보면 겨울도 가고 봄이 오겠지. 봄에는 텃밭을 얻어 푸성구도 심고.

내년이 정말 올까. 내일이 정말 올까.

첫눈

첫눈이다. 기다리지 않아도 온다.

눈은 새벽부터 내렸다. 네 시 좀 넘은 시간. 기냥 눈이 떠졌다. 창문을 열어보니 눈이 내리고 있었을 뿐이다.

첫눈은 복이라 한다. 농사짓던 시절의 이야기다. 눈이 많이 와야 물 걱정 없이 농사를 지을 수 있었기 때문이다.

첫눈 내리는 풍경을 보면 흑백 사진을 보는 듯한 지난 시간의 이야기 하나쯤 떠오르겠다.

첫눈이 오래된 문장처럼 내린다. 춥지 않게 배고프지 않게, 그러나 가난해서 추위 속에서도 더 많이 웃을 수 있게 복으로 내렸으면 좋겠다.

바람의 사원

한때 바람의 사원이라 이름하였던 안반데기*에 올랐다.

바람이 넉넉했고 바람에게서 흙냄새가 났으며, 흙먼지를 일으키며 서쪽 둔덕을 넘어갔다. 길가에 바람에 꽃대를 낮춘 민들레가 꽃을 피우거나 씨를 바람에 날렸다.

안반데기에서 모든 언어는 바람으로 통했다. 하물며 사랑한다는 말도 바람의 문장이 되었다. 누군가에게 고백을 한다면 바람의 사원에서 마음 언저리는 도려내고 해야 할 말만 하겠다고 다짐한 적이 있다.

안반데기는 서로 잇대고 있는 길이 그대로 풍경이 된다. 둔덕 위 봉우리마다 서 있는 풍차도 한몫한다. 역동적이지만 그 풍경 속은 고즈넉하고 고요하다.

서로가 키를 맞춘 관목들과 낮게 엎드려 기어가는 풀잎의 자세에서 생존의 한계에 서 있는 섬뜩함이 전해진다.

안반데기의 봄은 바람으로 시작된다. 곧 씨를 뿌리거나 모종을 심을 것이다. 바람에 기대어 바람에 깃들어 일어설 것이다. 그때 푸른 안반데기를 보러 다시 와야겠다.

---

* 안반데기: 강릉시 왕산면 대기리 안반데기. 1,000m 이상의 고원 지대이다.

입맛

어릴 적 봄엔 저녁마다 나물죽을 먹었다.

죽이 죽어라 먹기 싫었다.

푸럭국이라 부르는 나물죽에서 밥알은 보이지 않고 걸신들린 내 얼굴만 비쳤다.

결국 나는 내 얼굴을 퍼먹은 것이다.

이제야 나물 맛도 알고 뒷산에서 두릅이며 엄나무 순을 따다 먹는다.

가끔 미나리싹*도 뜯어다 먹는데 맛이 여간 향기로운 게 아니다.

입맛이 세월을 따라간다.

* 미나리싹: 영아자의 사투리.

저녁 둘레 여행

저녁 먹고 문밖을 나가본 지 얼마 만인가.
얼마 만에 별을 보고 달을 보았는가.
개구리들이 운다.
소쩍새가 가까이서 우는지 크게 들린다.
일상을 놓으면 다가오는 풍경들. 봄밤이 호젓하다.
그 옛날이 다가온다. 내안에 오래도록 잠행한 날들이다.
소쩍새가 그 옛날처럼 운다.

풍천

풍천[*]. 오랜만에 갔다.

구름은 낮게 내려앉았고 이슬비가 내렸다.

저녁을 먹고 영화를 보자는 이야기 끝에 관유재 산막으로 향했다.

산 마가리로 가는 길에는 눈이 쌓였다.

구들장에 불길이 들기를 기다리며 막걸릿잔을 돌렸다.

훈훈하도록 이슥하도록 이야기를 나누었다.

취기와 함께 영화 〈버티칼 리미트〉는 시작되었다.

아버지란 존재가 새삼스러워진다.

산막의 아침이 왔다.

밤새 내리던 비는 새벽에 눈으로 내렸다.

누군가 발자국을 남기고 다녀갔다.

한 녀석은 뛰어다니는 녀석이고 또 한 녀석은 걸어다니는 녀석
같다.

무서운 것은 말의 흔적이다. 취중에 한 말을 들려준다.

사랑한다는 말은 함부로 하는 게 아니다.

* 풍천: 홍천군 화촌면 풍천리 마을.

짐승이 산다

나무가 눈을 받아낸다.
가만히 내려앉는 눈의 자세가
눈을 받는 나무의 자세가 예사롭지 않다.
나무와 맺은 인연이라도 있나?
저마다 자세를 취한 자태를 보면 사람 같기도 하고 순한 짐승
같기도 하다.
나무가 꿈꾸는 내세를 본 듯하다.
나무의 전생을 보는 듯하다.
눈 속에 묻어온 누군가가 막 태어나는 것 같다.
눈 치우다가 바라보는 나무에는 순한 짐승이 산다.
나무속에 깃든 짐승이 기지개를 켠다.
눈이 부시게 날린다.

능파대

늘 구멍 저쪽이 궁금하다.

고성 화진포에서 시작된 여정은 호수를 다 돌아보고, 해변 모래톱에 와 스미는 먼 바다 이야기를 듣고, 송지호를 지나고 교암에서 잠시 머문다.

능파대.

그곳에 가면 구멍을 통해 바라보는 또 다른 세계가 있다.

바위와 파도가 접점을 이루는 소리가 좋은 곳이다.

능파대는 조선 세조 때 한명회가 이곳의 아름다운 자연경관에 감탄해 붙인 이름이다.

바위 숲이다.

긴 세월 자연이 만들어낸 풍화와 침식 작용으로 형성된 아름답고 다채로운 바위 지형들이 숲을 이루고 있다.

한때 이곳에서 머물며, 방안 가득 국화 향기로 채우고 가을을 보냈다.

아침이면 천학정에 올라 눈 닿는 데까지 바라보다가 바다 모래밭을 걸어 능파대에 올랐다가 돌아오곤 했다.

저녁이면 바위에 올라 파도소리에 마음을 다 내려놓고 달과 함께 돌아오곤 했다.

삶의 문턱은 닳고 옛날은 추억을 들먹이려 한다.

능파대와 천학정을 둘러보고 청간정에서 하늘과 바다 그 사이 수평으로 누워 눈을 감았다 뜨자 사방이 어두워졌다.

갯배 근처에서 생선구이를 먹고 갯배를 탔다.
농담처럼 어둠이 거듭 쌓이고 집집마다 등을 내건다.
목이 긴 새의 울음 같은 노래를 듣고 싶기도 했다.

배찻국

길이란 끝은 집에 닿아 있다.

길을 나선 건 나흘 전 오후였다.

홍천 시골집에 들러 엄마 얼굴을 보고. 할머니와 눈 맞추고 내촌으로 향했다.

단호박 축제에서 가래나무 열매 공예체험을 이틀간 진행하고,

저녁에 짐을 정리해 시골로 서둘러 들어갔다.

할아버지 제삿날이다.

이튿날 문화해설사 답사를 양양으로 떠났다.

선림원과 양양 진전사지를 둘러보기 위해 내면을 지났다.

은행나무 숲이 한 풍경 했다.

노랗게 노랗게 물들어 이어지는 길 끝에 고요를 흔드는 물소리와 바람이 산 아래로 내려왔다.

구룡령을 넘어 선림원으로 들어서서 미천골의 가을을 맞는다.

삼층 석탑과 그 일대 탑비를 둘러보고 내려와 점심을 먹었다.

일행 중의 한 분이 손수 곤드레나물밥과 나물반찬을 싸 오셨다.

길 위에 펼쳐놓은 밥상.

간장에 비벼 한 그릇 비웠다.

일행들과 진전사지로 향하는데 부음을 듣는다.

할머니께서 돌아가셨다는 문자가 빗방울처럼 날아들었다.

할머니는 다 죽어가는 어린 목숨을 닭똥 처방으로 구해내신 분

이다.

그놈이 시를 쓴다고 좋아하셨다.

남은 자들은 울면서 때로는 웃으면서 세상 뒤켠으로 보내드렸다.

초우제를 지내고 재우제와 삼우제를 올린다.

탈상 탈복을 하고 삶의 거처였던 이불과 옷을 태운다.

삶의 끝은 허무하고 순간이다.

연기 같은. 허망이라는 생을 다시 본다.

다시 또 길을 나선다.

대전으로 광천으로 서울로. 길 위에 서 있는 이정표가 획 획 지나간다.

그리고 밤 열두 시 넘은 길의 끝에 쉼표처럼 웅크린 방에 들어섰다.

길에서 만난 웃음과 울음은 보석처럼 아름답다.

그런 까닭이다.

순간 떠났다가 다시 돌아오지 못할 때 거기가 길의 또 다른 시작이 되기도 했다.

점심때가 다 돼서 식은 배찻국을 먹었다.

혼자였다.

광고

기다리는 날이 잦아졌다. 우체부를 기다리고 전화를 기다린다.

한때 나는 "네가 올 때까지 빗속에 서 있겠다. 추워 얼어 죽으면 그 슬픔을 거두어 달라"고 편지를 쓴 적이 있다. 그때는 통했다. 그 고루한 연애의 방식이 지금은 통하지 않는다. 나를 기다리던 애인들은 이미 늙고, 이제는 편지를 쓰지 않는다.

'그대 기다린다'는 광고를 내러 가야겠다. "뭐 하는 사람이냐"고 묻는다면, '꽃을 보고 웃을 줄 아는 사람'이라고 쓰겠다. "왜 기다리냐"고 묻는다면, 말없이 꽃 한 송이 들어 보이겠다.

밤이 환장하게 밝네

저녁을 지나 밤이 오는 길목은 붉어지다 못해 먹먹하도록 장엄
합니다.

문득 낯선 곳에서 나를 만나는 듯합니다.

산의 능선과 능선을 잇는 봉우리들마다 달은 머물다 갈 것이고,
내 아는 마을의 여자들은 계곡에 나와 목욕도 할 것입니다.

오늘부터 많이 외로워져 사랑이나 해야겠습니다.

사랑도 밤처럼 어둡겠지만 달빛만큼 환하면 넉넉할 것 같습니다.

달아 달아 사랑 하나 물어 와라.

수박풀꽃

자연 그대로 놓아두는 일.

길가에 피었어도 아무도 저 꽃의 존재감을 눈치 채지 못한 듯하다.

환하게 피어 있는 꽃과 향기가 우울의 그늘을 걷어낸다.

꽃과 나누는 인사는 늘 즐겁다.

기다렸다는 듯 꽃을 피워 올리는 것은 성자의 마음이다.

수박풀꽃은 꽃 하나 밀어 올렸을 뿐인데 마음이 환하다.

꾸밈이 없다.

무봉의 아름다움이란 있는 그대로 보여주는 것이다.

예쁘지 않은 꽃이 어디 있겠는가.

자신에게 주어진 숙명적인 약속을 지키는 일 오직 너만이 할 수 있다.

비가 온다.

벌과 나비는 오지 않겠다.

가을밤

시골 어느 길섶 오두막집
꽃만큼 감성을 품고 산다는 그녀의 말이 가슴에 남았다.
너무 진하지도 않고 뜨겁지도 않은 커피를 마시고
물소리 바람소리에 별을 보면서
말없이도 하고 싶은 말 다 한 듯 서로 바라본다.
여치가 울고 베짱이가 울면서
가을밤은 갑자기 울음으로 가득해지고,
불 밝혀놓은 촛불마저 나풀거리다가 꺼지고 나서야
캄캄한 울음의 갈래가 명료하다.
달빛에 어리는 꽃내음.
참 은은하다.

일곱 살의 숲

나무를 찾아온 새들은 무엇을 할까?

아이들의 세상은 개념을 뛰어넘는 곳에 있다.

아이들은 자기 스스로 책을 읽는 것보다 누군가 읽어주는 이야기에 귀를 기울일 줄 알고,

그 이야기를 그림으로 그릴 줄 안다.

이야기가 그림으로 담채 되는 것에 대해선 어떤 물음도 필요하지 않다.

일곱 살의 숲에는 나무 한 그루와 새 몇 마리만 날아다녀도

푸른 노래로 술렁인다.

자작나무

숲에는 꼭 뭔가 있을 것 같아.
나와 그림자와 오후의 햇살과 함께 자작나무 숲으로 든다.
함께 갔던 그림자는 어디론가 가버리고,
자작나무 하나하나 내밀한 삶을 엿보다가
생의 바깥으로 밀어낸 껍질을 매만져보며,
미농지같이 풍화된 먼 기억을 더듬어보는데
자작나무는 부질없다는 듯 껍질을 풀어버리고,
마냥 홀가분한 붉은 가지를 흔든다.
나는 멍하니 앉았다가 하늘을 보다가 또 걷다가 웃기도 하면서
천천히 숲 저쪽까지 갔다가 자작나무처럼 중얼대며 돌아왔다.
어느새 그림자도 내 곁의 자작나무에 기대어
그의 검은 눈을 들여다보고 고개를 끄덕인다.
자작나무는 생의 바깥을 밀어내면서
낮달을 들여놓고 환하게 웃었다.

꽃이 깨어나는 시간

새벽 다섯 시쯤이면 주섬주섬 옷을 걸치고 초당 난설헌 생가를 지나 경포호 연꽃을 만나러 간다.

어제는 저녁 늦게까지 연꽃들과 놀았다. 홍련 백련이 핀 너른 연밭에는 이제 막 피어나는 연꽃들과 두 번 세 번 꽃잎을 여는 꽃들 그리고 한 잎 두 잎 꽃잎을 내려놓는 꽃들을 볼 수 있다.

꽃들이 가장 청초하고 아름답게 만나는 순간은 이슬이 수정처럼 맺혀 있는 해 뜰 무렵인 듯하다. 그 시간에 꽃들이 깨어난다. 아주 천천히 자신의 몸을 연다. 세상의 우주가 열리는 순간이다. 연꽃이 몸을 열 때 내놓는 가장 깊고 진한 꽃내. 그 너른 꽃밭이 연꽃 향으로 출렁인다.

꽃들의 둘레를 걸으며 꽃들과 함께하는 아침은 싱그럽다. 꽃의 언어는 꽃 그 모습 그대로다. 굳이 들으려 하지 않아도 마음의 귓가에 솔아 든다. 나는 애써 꽃들의 말을 받아 적으려 하지 않는다. 그 순간이 내안에 투영되도록 할 뿐이다. 내가 나눌 수 있는 마음의 언어도 결국 무언의 내 모습 그대로이다.

노을이 들 무렵 꽃들이 꽃잎을 접고 잠에 드는 순간을 바라본다. 펼쳤던 꽃잎을 다 거둬들이고 어둠을 베고 잠에 든다. 꽃들이 잠을 자는 자태가 너무 아름답다. 순수하고 고혹적이다.

뱀눈나비

삼월 초순 산 깊은 계곡 물가 양지에서 뱀눈나비를 봤다.

어제쯤 된 것 같은 초등학교 시절, 곤충 채집하던 자세로 들여다본다. 뱀눈을 자세히 본 적이 없어 자세히 보려고 몸을 낮추어 다가갔다. 그런데 움직이지 않는다. 나뭇가지로 건드려보니 이미 생을 놓은 지 좀 된 듯하다.

뱀눈나비는 뱀눈 모양의 무늬를 날개에 달고 산다. 위장술일 것이다. 이 무늬가 자신을 보호해줄 수 있다는 것을 어찌 알았을까? 얇은 날개에 새겨 넣은 뱀눈 같은 눈을 뜨고 하루를 보냈다.

그 지점

인간과 인공지능의 공감대를 찾는다면
그리워하는 그 지점일 것이다.

봄이 어떤 그리움인지는 모르지만 이맘때면 딱지를 치면서 컴컴
하도록 놀았다.

옛것이라는 건 시간만은 아닌 듯하다.
옛날 맛이 난다는 건 겨우 제 살아온 날의 미각이고,
옛날 모습이라는 것도 겨우 제 살았던 어린 날의 풍경이었을 텐
데 말이다.

나는 딱지치기를 해서 남의 걸 한 장도 따보지 못한 거 같다.
작은 형이 따 오면 나는 그걸 잃었다. 딱지를 다 잃고 집으로 가
는 나보다 형은 얼마나 속이 상했을까.

그때 내 딱지 따먹은 친구들
모두 행복하다니
고맙다.

속아줄 때가 있잖아요

짐짓
모른 척

봄의 약속

꽃을 피우겠다고 봄이 약속했다.
새들이 하모니카처럼 울었다.

그대와 탱고를

나는 바람과 물과 구름과 안개의 몸짓으로 아니,
  살모사의 언어로 고슴도치의 구애로 사마귀의 불온한 사랑으
로 손을 잡고
  물결 같은 그대의 몸짓에 맡기리니,
  영혼을 나누는 격렬한 순간은 뜨겁다.

취한 무늬의 시간

시간은 뼛속까지 스며들어 술처럼 흘러간다.
취한 말들이 비틀거린다.
말과 말이 어긋나고 말과 말이 끊겼다가 이어진다.
시간은 어둠만 보이는 곳에서도 흐르고,
기억하고 싶지 않은 기억들로 우울해질 때도 흐른다.
죽는 날까지 함께하겠다는 사랑을 하고, 또 이별을 하면서
죽는 날까지 상처로 남은 시간은 지나가지 않는다.
다 잊을 수 있다는 말은 기억나지만 말하지 않겠다는 것은 독
기다.

믿음

종일 미세먼지가 쓰나미처럼 밀려와 나들이도 못하고 감옥 체험을 했다.

눈깔이 뻑뻑하고 목구멍이 칼칼했다.

느닷없이 터지는 재채기와 콧물. 홀쩍거리는 오후 내내 별별 기도를 다 해봤다.

하늘에게 낮달에게 나무에게 꽃에게 돌에게 그들의 토템을 기다렸다.

믿음이다.

내 마음을 품은 기도가 지금도 가고 있을 것이다.

늦은 저녁엔 곡주가 좋겠구나.

내가 슬프게 살 수밖에 없는 까닭

어쩌다 아주 작은 행운이라도 찾아오면 놓치기 십상이었는데
모래알 같은 조그만 슬픔조차 비켜간 적은 없었다.
내 마음에 티끌이 가신 날이 없었다.

묵나물

푸르던 생이 가을을 지나 눈 속에서 마감했다.

바람 따라 흔들리며 서서히 얼음처럼 굳어가는 동안 군불을 넣었다.

정월 대보름.

물이 데워지고 푸르던 생의 봄, 뜯어다 말린 여린 싹을 물에 불렸다.

마른 잎맥 속으로 다시 물이 오르고, 조금씩 봄빛이 돌았다.

기억 상실증 환자가 뭔가 기억난 듯 자신의 이름을 불러낸다.

흐린 날에도 저녁이 온다.

더 캄캄하게 더 우울하게 내게 닿지 못한 노을은 어디서 붉은 빛을 쏟아놓았을까.

노량 오늘을 보낸다.

들꽃

세상은 내게 무허가를 인정하지 않았지만

봄을 딛고 푸르게 일어서는 들꽃은 무허가로 꽃대를 세운다.

처음이라는 말

처음이라는 말은
서로 다른 세상을 만나 꽃씨를 심는 것.
낯선 세상에 눈을 뜨는 것.
내 마음 너머 내 마음 들여다보는 것.

새벽 푸른빛이 어리는 동쪽 창문

편지를 쓰던 시대는 밤이 짧았다.

사랑하는 그대에게, 라 했다가 당신에게, 라 했다가 너에게, 라 했다가 미지의 당신에게, 라 했다가 쭉 찢어 구겨 던진 편지.

답장을 기다리는 날은 노을도 더디게 길었다.

오지 않는 날이 많았지만.

펜팔을 하고 싶어졌다. 첫 문장부터 설레는 '그대'라는 말. 코로나19 바이러스가 모두 사라지는 날,

노란 우산 들고 터미널에서 기다리겠다, 는 말은 추신이라 쓸까, ps라 쓸까 고민 고민 하다가 처음부터 다시 쓰는 편지.

구겨진 편지와 유폐된 시간. 마음을 다독이는 새벽 푸른빛.

돌아보건대

돌아보건대

말무덤 벚꽃도 안산 진달래도 주논버덩 민들레와 지칭개도 범에골 개복상도 여우박골 물앵두도 그 아래 처녀치마나 산괴불주머니 현호색이나 할미꽃 뱀밥 모태 나름 피어나는 것들

돌아보건대

변가네 금순이 깡충 치마나 구미말 박가네 둘째딸 똥꼬치마도 유행 따라 팔랑이는데 절로 눈 돌아가 홀린 듯 바라보다 아슬아슬 숨넘어가던 봄

돌아보건대

그 모든 게 나를 위해 피어나고 풍미하였구나 자위하지만 봄날의 꽃이며 바람이 객쩍게 피고 지겠나. 꽃만 바라보고 꽃이 된 적이 없으나 봄 꽃그늘 아래 서늘한 꽃의 문장을 빌려 당신을 불러볼까.

사월처럼

사월 마지막 밤을 혼자 가게 했다.

저녁때가 되자 솔방울만 한 새가 오카리나 소리로 울다 갔다.

혹시, 오지 않을 사람을 기다리지 말라고.

하늘은 흐렸고 어두웠으며 구름 너머 초이레 달빛은 오막의 적막을 깨우지 않았다.

정현우 화가의 그림을 오래 보았다.

배에 실린 것들을 세다가 강 건너에 닿고 싶었다.

어둔 밤에도 벚꽃이 피고 졌다.

캄캄한 향기가 지나가는 봄밤

그대의 기억에서 벚꽃 향기가 났다.

이별의 뒷담화는 지독했다.

사월처럼.

다만 우울하지 않은 게 이상했다.

하관

땅이 열리고
하늘을 닫았다

시인이 되려면

시인이란 시의 노예가 되어야 한다.
농부가 땅의 노예가 된 것처럼 부자가 부의 노예가 된 것처럼.

난리치며 사는 즐거움

바람에 흔들려 이파리 하나 떨어진 더덕도 난리인 게 생이지.

가로등 불빛을 들이받고 뒤집힌 풍뎅이가 날겠다고 발버둥치는 게 생이지.

생은 난리치며 살아야 살맛나는 거지.

금세 몰려든 구름도 한번 붉어지고
다 살았다는 듯이 별들에게 자리를 내주는 게 생이구말구.

기도

파란 하늘에 새털구름이 몰려다녔다.

누가 소원 하나만 말해보라고 했다.

하나는 아무거나 들어줄 수 있다고 했다.

정말?

그래.

뭐 풍족하고 따듯한 것들이 막 떠올랐다.

갑자기 하나만 말하라니 병이 날 것 같다.

동화 속에는 세 가지 소원을 얘기하랬는데 하나라니 더 죽을
것만 같다.

아무거나 하나 떠오르지 않는다.

그러다가 문득 스쳐 지나가는 게 있었다.

아프지 말고 내일이 왔으면 좋겠습니다.

바람이 화두를 묻는다

가을이다.

바람처럼 스치는 것이 있다.

길가의 나무들은 겨울이 온다는 것을 알고

제 몸에 달고 있던 나뭇잎을 곱게 물들였다가 떨어뜨린다.

나무가 곱게 물들이는 것이 단풍이다.

꽃처럼 아름다워 단풍놀이를 가기도 한다.

우리가 하찮게 여기는 곤충이나 동물들도 자신이 견디지 못할

시간이 다가온다는 것을 알고 알을 낳고 죽거나 겨울잠을 잔다.

자신이 살아온 본능과 부모로부터 이어받은 삶이지만

그 삶의 방식엔 자연의 섭리가 깊이 자리하고 있다.

문득 이 가을에 스치고 지나가는 것이 있다.

무엇을 깨달았다는 것이 아니다.

다만 바람이 나를 돌아보게 했다는 것이다.

올 벽두에 내가 품었던 마음들이 낙엽처럼 날린다.

불가에서는 깨달음을 얻는 과정을 수행이라고 한다.

올바른 수행을 하고자 화두를 꺼내든다.

화두는 깨달음에 이르는 수단이고 방법에 하나일 것이다.

깨달음을 얻으려면 그 화두를 찾아 수행 정진하는데,

그 화두에는 천칠백여 화두가 있다고 한다.

그러나 사실상 화두는 우리 삶의 전부가 아닐까.

화두는 곧 나 자신에게 묻는 물음이다.

나무들이 나뭇잎을 떨구며 내게 묻는다.

비 혹은, 꿈

억수로 퍼붓는 비. 비가 내리고 있었고 낯선 마을 낯선 집 처마 밑에 비를 피해 서 있었다. 저 멀리 우산을 들고 오는 당신을 보고 달려갔지만 당신이 아닌 또 다른 당신이 그냥 지나간다. 또 저 멀리 우산을 들고 오는 당신을 보고 달려가면 당신은 사라졌다.

당신은 또 오고 나는 달려가고 당신은 사라지고 나는 흠뻑 젖어 당신을 향해 달려가다가 지쳐 쓰러져 빗물에 휩쓸려 떠내려가는 꿈;에서 탈출했다.

비 오는 꿈을 한동안 꾸었다. 꿈의 끝자락은 빗물에 휩쓸려 떠내려가다가 폭포에서 떨어지다가 으악 소리치며 깨어났다. 물 꿈을 꾸고 나면 한동안 정신이 없다. 예지몽일 것이지만 마음이 무겁다. 우산을 들고 오던 당신을 만났다면 행운이 든다는 꿈풀이도 있지만 정말 우산을 쓰고 오던 당신은 누구인가? 누구인 당신인가?

절망의 시대에는 꿈도 기다려진다.

"그대 꿈 가만가만 들어주고 내 사랑 들려주며"

계방산

그는,

처음 이곳에 들어오는 나를 보았을 것이다.

천천히 뱃재(梨峴)를 구비구비 돌아 올라오는 것부터 상뱃재를 넘고 괸돌을 지나 양수교에서 두 물줄기가 만나 창촌을 지나고 뻿지, 광대평, 거뭇평, 들미버덩, 일어서기, 사월평, 원당, 붉은덕에서 왼쪽으로 접어드는 나를 지켜보았을 것이다.

봄이 세 번 지나고 가을이 세 번째 찾아와 단풍이나 볼까 하여 나선 산행에서 내가 누구라고 산신령의 오른편 가슴에 대고 읊조렸는데 알아들었다는 듯 복상뼈만 한 새가 울다 날아갔다.

그는 제 품에 찾아드는 것들을 내치지 않았다.

울 줄 아는 것들에게는 실컷 울게 하고, 쉬겠다는 것들에게는 쉴 만큼 자리를 내주었다.

그는 홍천에서 제일 높다. 아니, 한반도에서 다섯 번째로 높다.

나는 저 산 봉우리를 큰하니에서 보았다.

더 이상 나귀를 끌고 갈 수 없는 막치미, 작업이 끝난 밭에서 먹이를 뜯는 검은 염소의 낯선 울음을 들으며 들판 너머 가을맞이하는 그를 보았다.

세상의 모든 산은 범접할 수 없는 영혼이 깃들어 있는 듯하다.

영혼은 세상을 바라본다.

오라고도 손짓하지 않는다.

가끔은 구름으로 안개로 얼굴을 감추지만 이내 자신의 모습을 정갈하게 드러낸다.

그는 스스로 이름을 갖지 않았다.

세상을 초월한 것들은 이름마저 초월하여 존재한다.

이름보다 세상 한구석을 밝히는 꽃처럼, 이름보다 자신의 울음을 우는 새처럼, 하늘처럼 구름처럼 물처럼 바람처럼 자리한다.

노을 붉은 향기

기다리거나 그리워하면서 즐거운 일은 따듯한 향기를 나누는
일이다.

사람에게서 사람 냄새가 나지 않는다면 이미 사람의 경계를 넘
은 것이리라.

아침부터 오막을 다녀간 친구들이 여럿인데 그중 햇살이 가겠
다고 하늘을 물들이고 있다.

서쪽 하늘에서 붉은 향기가 사그라진다.

괜찮다.

그는 내일 또 온다.

눈길에선 걸음이 불안하다

골말 길에 쌓인 눈을 치우다가 공처럼 몸을 공굴리는 나뭇잎을 보았다. 발그스름한 물이 든 나뭇잎이 빗자루에 쓸린 눈과 함께 떼구루루 구른다.

다른 나뭇잎도 다 오그리고 있다. 여직 나뭇가지에 달려 있는 나뭇잎도 오그리고 있다. 오그리고 구석에 모여 몸을 녹이던 날이나 이불을 돌돌 말고 냉방에서 자던 날은 기억나지 않지만 추우면 본능적으로 오그라드는 생태적 체질을 여태 바꾸지 못했다. 한겨울에 태어나서 남다른 겨울 유전자가 있을 거라고 생각했다.

집으로 오르는 둔덕 눈길에 미끄러졌다. 눈을 털고 시린 손을 사타구니에 넣고 오그리고 서서 눈 위에 엉클어진 행적을 보았다. 눈길에선 걸음이 늘 불안하다.

심봤다

'심매'* 보러 간다. 패거리를 짓거나 혼자 간다. 패를 지어갈 때 큰 어른인 '어인마니'가 제일 앞장선다. 경험 많고 심이 나는 자리에 능통한 어른이다. 심이 자라는 장소에 따라 '채삼', '밤삼', '웅달삼', '양달삼', '쓰래삼' 등등으로 부른다. 그중에서 '쓰래밭'에서 자란 삼이 '미'(뿌리)가 잘 빠졌다고 한다.

심마니들이 부르는 산삼의 명칭은 삼의 햇수에 따라 다르다. 내피, 사행, 오행, 각구, 총각샛잎까지는 이파리만 나온 삼이다.

모양에 따라 부르는 말도 있다. 잎사귀 열다섯에 장가간 딸 달린 샛잎. 샛잎은 삼 잎이 넷이라는 뜻이란다. 이때부터 약성이 좋다고 한다. 사구, 오구, 더쏠배기(종대 옆에 딸이 달린다), 육구만달 더쏠배기(잎육구: 잎이 여섯 장), 칠구 두루붙이.

몇 백 년 된 산삼은 '더쏠배기(종대 옆에 딸이 달린 삼)', '육구만달(잎육구: 잎이 여섯 장)', '칠구 두루붙이'라고 한다. '만달'과 '두루붙이'는 꽃씨가 만달처럼 달린 모양에서 붙여진 듯하다.

삼을 볼 때는 '일 요두', '이 미', '삼 약통'의 모양을 보는데, 산삼의 가치를 매길 때 하는 이야기이다. 첫째는 요두는 길고 눈이 많아야 하며, 미(뿌리)는 수염처럼 잘생겨야 하며, 약통은 몸통으로 깨끗해야 한다.

종종 '각구 천 냥'이니 '동자삼'이니 '두란지'니 하는 마니들이 있다. '각구 천 냥'은 사람이 밟거나 자충 먹어서 땅속에서 자란 삼을 말하며, '동자삼'은 새가 씨를 물어다 썩은 나무 사이에서 나는 삼이라고 한다.

삼은 현몽을 점지 받고 본다고 한다. '꿈에 처녀가 와서 같이 살자고 하여 따라가 보니 처녀가 사라졌다. 그 다음날 꿈에 그 처녀가 또 찾아왔다. 총각은 바늘에 당사실을 꿰어 치마에 꽂았더니 나무 위에 실이 걸려 있어 올라가보니 나무 썩은 둥치에 동자삼이 꽃피우고 있었다'고 한다.

'두란지'는 삼이 난 둘레를 말하는데 그 둘레에는 애기 삼들이 나기도 한다고 한다.

내면 오막에서는 가끔 심을 봤다는 소문이 들린다.

* 심매: 심마니들이 삼을 캐러가는 일을 내면에서 부르는 토박이말이다.

숲에 살면서 숲에 산다는 것을 잊어버린다

오막은 산기슭의 작은 집이다.
숲이 우거지면 그늘에 가려 잘 보이지 않는다.
숲 가운데 살면서 숲에 산다는 것을 잊어버리기도 한다.
방태산 끝자락에 권대감 신령 깃든 오막.
주소도 지당아랫집인 오막
당목은 소나무다.
마을에 전해오는 이야기를 다 품고 산다고 한다.
누가 슬퍼하고 외로워하는지 다 알지만
말하지 않는다.
바람에 푸른 가슴을 내주면서 허허롭다.
마음 매어둘 그대가 있다는 건 행운이다.

눈 - 흰빛의 평화

오막에 눈이 내린다.

세상과 인연이 눈으로 하얗게 이어진다.

손을 호호 불며 당신이 올까 하여 길을 내놓고 들어왔다.

혼자 산다고 외로워서는 안 된다.

산의 소리와 물의 순리를 즐길 줄 알아야 한다는데

나는 아직 그 경지는 안 되고,

눈이 오면 눈사람 하나 만들 정도다.

오막은 마가리보다 더 깊고 산협보다 더 어두운 골 막치미다.

새벽이면 설해목 치는 소리가 죽비처럼 내리는 골막이다.

눈이 오니 더 고요하다.

눈의 고요, 흰빛의 평화다.

가을을 보내주다

첫눈이 잠을 깨운다.

새벽꿈이었는데 가슴 위로 작고 보드라운 것이 내리는 것이다.

그 벌판으로 누군가 걸어오고 있었고

나는 나무처럼 서서 마중하고 있었다.

첫눈이다. 첫눈은 복이라고 했다.

첫눈 내리는 날 복을 주고받았다고 한다.

내게 겨울이란 눈이 내리는 날부터 시작된다.

눈이 오지 않으면 동지섣달이라도 내게는 늦가을이다.

가을을 보내는 것은 눈이다.

내가 눈을 기다리는 까닭이다.

비로소 눈이 내리고 겨울 진경이 흑백의 고요를 펼쳐놓는다.

고요가 깊어지면 나는 적막에 든다.

오막이 적막해진다.

아직 오막에는 역병이 돌지 않았다.

저 밖에는 몸의 거리는 멀리하고 마음의 거리를 좁히자고 한다.

몸이 멀어지면 마음도 멀어진다.

그리움만 쌓인다.

첫눈처럼.

겨울은 어디나 춥다

오랜만에 오막을 비운다.

사람의 온기가 떠나면 오막은 쓸쓸해지겠다.

한기와 적막이 두께로 쌓이겠다.

어쩔 수 없이 떠났다.

부산으로.

추위와 궁기를 좀 벗을 수 있겠다 싶었지만 겨울은 어디나 추웠다.

햇살은 따듯했지만 바람이 불고 파도는 높았다.

송정해수욕장. 친구를 기다리느라고 모래밭을 걸었다.

여름처럼 사람들이 바닷물에 뛰어들어 보드를 타고 있었다.

파도 위에 몸을 싣는다는 것은 쉬운 일이 아니지만 그걸 즐긴다
는 건 더 흥미로운 일이다.

나도 해볼까.

맨땅에도 제대로 못서면서 출렁이는 파도 위에 선다고?

부산 이정모 시인을 만나 대변항에서 저녁을 먹었다.

멸치찌개와 멸치회무침.

맛에 길든다는 것은 태생이 아니면 느낄 수 없겠지만

조금씩 맛의 깊이를 더해가는 여정.

나의 겨울을 떠나 너의 봄을 맞는 중이다.

체리나무를 얻다

오월에도 눈발이 날리는 내면에서 무슨 까닭으로 체리꽃 향기가 맡고 싶었을까.

온 둘레가 나무며 풀밭인 내면에서 무슨 이유로 체리를 심고 싶었을까. 나는 체리가 나무에서 열리는지 풀에서 달리는지 알지도 못 하면서 체리에 끌려 원통 장마당을 그렇게 오래 기웃거렸을까.

본 적도 없는 체리나무를, 가지 끝에 매달린 이름표를 보고 체리를 상상하는 동안, 능군 찰강냉이가 강밥이 되어 나온다. 뻥튀기 틀 속에 능군 찰강냉이와 사카린과 소다를 넣고 불을 댕겨 틀을 달구는 동안. 빙빙 한 방향으로만 돌아가는 동안. 선거 벽보에 나부끼는 황사바람에도 웃고 있는 웃음의 물성과 질량을 생각하는 사이. 뻥.

체리가 나무였구나. 어느새 본 적 없는 꽃이 그리워지는구나.

체리나무 한 그루 얻어오면서 별 이상하게도 내일을 사는 꿈을 꾸는구나. 체리꽃 닮은.

눈과 비의 오버랩

사월의 눈은 따듯하다.

잠시 몽유설원을.

환상이라는 환멸을.

이별 뒤에 오는 사랑은 뭐라 하나.

그런 노랫말 같은. 흥얼거리며 쓴.

이별이 너무 긴 탓일까.

언제 온 이별인지 기억조차 나지 않는 도처에 널린 봄날.

꽃. 벚꽃 그늘을 걷고 싶은.

지는 꽃은 밟아도 되나.

망설이는 마리아 릴케처럼.

이젠 사랑하지 않아서 보고 싶다는 문장 유희.

겨우 둥그러지는 빗방울 속의 우주.

내면에 닿아 뭉그러지는 눈의 적막과 빗소리의 변주와 꿈의 변
곡점.

오월의 몽롱

오막을 하루쯤 비우고 먼 길 나섰다.
일 끝나고 숙소로 돌아오니 밤 열한 시쯤.
도시의 밤은 어두워지지도 않고 고요해지지도 않는다.

오막에선 검은등뻐꾸기나 소쩍새가 한창 울겠다.
어둠을 잠재울 자장가를 누가 불러줄까?
한산한 도로를 내달리는 바람과 문명의 파장들이 엉켜 멀리 간다.

잠은 뒤척이고 새벽은 오고,
간신히 잠들었다 깨어나면 새벽.
새벽에서 새벽을 관통한 짧은 잠 속에 꿈은 얼마나 많이 흘러
갔는지.
기억나는 건 몸 안에 축척된 몽롱함뿐.

꿈으로 지은 집들이 다 무너지고 있다.

아침 고요

아직은 안개 속, 햇살이 오지 않은 아침 혹은, 산마루 넘는 햇살의 잔향이 어슬렁거리는, 어둠은 가서 돌아오지 않는, 밤이 보이지 않는

오막의 가을 아침은 개복상나무에 내리는 이슬만큼만, 불 지른 앞산만큼만, 묵언수행 중인 바람만큼

가장 아름다울 때 눈물이 나는 까닭은 뭐지?

깜깜

밤의 오막은 재토끼털처럼 폭신하다
문득 그런 어둠의 지문
밤의 지문처럼 묻어나는 깜깜
자석에 끌려 나온 쇳가루처럼
오막 창문으로 몰켜드는 깜깜
설을 앞둔 저녁
엄마는 가마솥에 물 데워 어린 몸을 씻긴다
큰 함지에 들어앉아 때 불리고 나면
등겨를 작은 수건에 묻혀 등을 밀면서
"까마구가 성님하고 따라다니겠다" 놀리던
불그죽죽하고 아리고 쓰린 등줄기의 깜깜
번들개 같은 빛줄기 희희덕거리는 깜깜
뉘 볼세라 냉큼 파고들던 이불 속
다시 그 속으로 드는
안온함은 무엇인가
오억 만 년 전 밤이 와
문을 두드린다
깜깜하게 폭신하다

감자꽃길을 걷다

내면의 감자꽃밭을 걷는다.

보랏빛이 흰빛에 어울려 뿜어져 나온다.

내면만이 품은 빛이다.

이 빛은 햇빛과 바람과 해발 육백 이상 고원에서 알알이 굵었다가 가을이 되면 땅 밖으로 나올 것이다.

꽃은 산허리까지 하얗게 피었다.

한 송이 한 송이 벌기 시작한 꽃들이 한 무리 이루어 향기를 내뿜는다.

한날한시에 땅속에 든 후, 같은 꿈을 꾸었을 게다.

감자도 감자다울 때 맛이 난다.

감자에서 분이 난다는 게 내면 어무이들 입에 밴 맛이다.

화전으로 이어온 내면 특유의 맛이리라.

오막에 들다가 산허리까지 이어지는 감자꽃의 유혹에 끌려 한 밭자리를 걸었다.

감자꽃 흰빛이 저녁 햇살보다 눈부시다.

내 몸에서 감자꽃 향내가 났다.

꽃밭

오막에서 가까운 '절에'라는 이웃 마을에 친구가 산다. 농사로 뼛속까지 진이 밴 친구다.

그의 손은 내 손보다 두 배는 크고 두텁다. 땅 앞에서는 늘 경건하고 겸손하다. 씨앗을 넣는 일부터 열매를 얻을 때까지 그 마음으로 감사할 줄 아는 친구다.

내면 우체국에 들러 누군가에게 『엄마 냄새』를 보내고 오다가 밭둑서리에 서 있는 그를 보고 집으로 들어갔다. 누굴까 쳐다보는 그에게 나야! 손을 내밀자 그제야 알아본다. 가까이 살면서도 집에 서 있는 그를 본 게 참 오랜만이다. 친구의 안식구도 오랜만이다. 늘 웃음이 얼굴에 가득하다. 시골살이란 게 햇살과 바람과 동거라지 않나.

그의 텃밭에 심은 꽃. 그 삶은 친구 마음처럼 붉고 뜨겁다. 꽃처럼 살기가 쉬운 일인가. 온몸을 다 태우고 속까지 내보여줄 때 꽃은 핀다. 그런 사랑으로 친구네는 살고 있다.

편지

　밤새 쓴 편지를 봉투에 넣어 풀칠하고 붙여 주소 아래 그대 이름을 쓴다.
　편지는 하루 혹은 이틀 아니 평생에 걸쳐 그대에게 갈 것이다.
　보내고 나면 또 무작정 기다리는 일만 남는다.

　답장이 오든 말든
　밤새 쓴 이야기는 나의 소소하고 사사로운 이야기여서
　밤새 쓴 이야기는 그대에게 내 바닥을 보여주는 것들이어서 얼굴이 붉어지고 부끄럽기도 하겠다.
　밤새 쓴 이야기는 밤새 내리는 빗줄기 같아서 흠뻑 젖기도 하겠다.
　밤새 쓴 편지를 들고 우체국에 가는 동안, 나는 그대가 보고 싶기도 하고 손을 잡고 싶기도 하고 마음 내서 속삭이고 싶어지는 것인데.

　늦은 저녁 오막 우편함에 꽂힌 편지를 꺼낸다. 흰 봉투에 달필의 흘림이 묻어난다. 무엇보다
　아주 오랜만에 태극기 우표가 붙은 편지 생생한 시 한편을 읽는다.

가을이라는 거울

봄에도 벌레들이 울고 여름에도 벌레들이 우는데 유독 가을이 돼서 그 울음소리가 청아하고 쓸쓸하게 들린다. 가을이 돼서 소리가 잘 들리는 것은 마음의 귀에 있지 싶다.

뒤꼍이 숲인 오막은 그대로가 자연이다. 어떤 식으로든 초록의 힘을 이루며 살려는 듯하다. 좋은 곳에 산다고 말하는 사람들이 있다면 한번쯤 와서 살아봐도 괜찮다. 며칠 동안은 홀로 들떠서 시간 가는 줄 모르지만 점점 그 일상도 식상해서 무료해진다.

산촌의 살림살이는 대부분 해도 해도 끝이 없는 일들이다. 설사 일이 끝났다 해도 며칠이면 처음으로 되돌아간다. 그렇다고 내팽개치고 내버려둬서도 안 된다.

어느 직종보다 시기를 잘 맞춰야 하는 것이 오막의 일이다. 봄철 뻐꾸기 울고 여름에 꾀꼬리 울고 간다. 가을에는 또 뭐가 와서 한동안 울 것이다. 문만 열면 텃새인 참새가 울면서 제일 먼저 들어온다. 처마 밑에선 제비가 집을 짓고 새끼를 키운다. 좀 컸다 싶으면 놀다가 가끔 떨어지기도 한다. 똥받이까지 달아주면서 제비를 보살핀다. 혹시 제비가 가져다줄 복을 기다리는지 모른다. 딱새도 뻐꾸기한테 들키지 않고 새끼를 쳐 나갔다. 다행이다.

그러나 뭐니 뭐니 해도 가을이 와서 좀 더 잘 보이는 건 너의 그리움이다.

부강지

옛날 시골집 부엌에는 부강지 둘에 솥이 세 개 걸려 있었다. 부강지 하나에는 지북솥을 걸었고 그 옆 부강지에는 중솥과 노각지를 걸었다. 지북솥은 큰 솥이었다. 물을 데우거나 빨래를 삶거나 두부나 엿을 고을 때 주로 사용했다. 겨울에는 군불을 넣을 겸 하여 불을 땠다. 주로 중솥과 노각지가 걸린 부강지를 사용했다.

중솥은 주로 국이나 국수 등을 끓이는 데 썼고 노각지는 밥하는 데 썼다. 어머니는 꼭 불을 때고 밥을 지으셨다. 불을 때고 나면, 활활 불꽃이 피는 잉걸불을 한 부삽 그러담아 화리(화로)에 담고 굴멍쇠 위에 청국장을 해 앉혔다.

그 옛날에 부강지 앞에 쪼그리고 앉아 깎음나무나 꼰졸나무를 꺾어 불을 때던 부엌의 풍경을 내면 버덩말에서 보았다. 불을 때는 풍경이 낯설기도 하고 정겹기도 했다. 그 시절이 그리워지는 것은 오랜 문명에 대한 향수일 것이다. 화리에 불을 담아 떡을 굽거나 개울에서 잡아온 고기를 굽거나 옥씨기를 구우며 이야기를 나누다보면 눈 내리고 바람 찬 겨울도 적막하니 뜨듯해지고 작은 평화가 온 듯하다.

"그립다는 것은 오래전 잃어버린 향기가 아닐까"

괴기 잡아먹고 갈래?

내면은 전국에서 면 단위로 가장 넓고 높은 고원이다. 하늘을 나는 비행기가 육백 미터쯤 가까이 보이는 산간 마을이다. 넓은 땅의 대부분은 산이다. 평지는 별로 없고 화전으로 일군 밭이 대부분이다.

백두대간의 산봉우리들이 물결처럼 흘러간다. 오대산과 계방산, 구룡덕봉의 봉우리들이 에두른다. 내면은 북한강의 한 지류인 내린천의 발원지이다. 여기에 초등학교 동창들이 산다. 나는 그 친구들을 초등학교 6학년 오월쯤에 만났다. 인연이라면 여섯 달쯤 다닌 게 전부인데 그 정이 여간 살갑지 않다. 대부분이 농사꾼이다. 얼굴에는 땀이 흘러간 자국이 선명하고 머리는 엉클어져 덩굴을 이루고 있지만 웃음이 가득하다. 웃지 않으면 울어야 하는 삶이 농사다. 풍년이 들어도 울고 흉년이 들어도 우는 서글픈 삶이다.

어쩌다 내면에 들어가면 친구들이 인사치레로 건네는 말이 있다.

"괴기 잡아먹고 갈래?" 대답할 틈도 없이 "좀 기다려!" 하고는 이내 족대를 들고 강돌을 뒤져 고기를 잡는다.

내면은 물이 흐르지 않는 산골짜기가 없다. 산이 높고 계곡이 깊은 데다가 물까지 맑고 많이 흘러 물고기가 많다. 찬물을 좋아하는 열목어가 살고 어름치가 산다. 꺽지, 텡가리, 깔딱메기, 뚜구리, 모래무지, 매자, 쉬리, 수수미꾸리 뭐 이런 물괴기들이 잡히는데 우거지에 고추장, 막장, 파, 마늘, 표고버섯 등등 있는 대로 넣고 끓이는 매운탕이 일품이다. 물괴기 맛을 여기서 맛들였다. 친구들의 정분 같다. 하루는 내면에 들어가 이런저런 얘기를 나누다가 친구가 뜬금없이 묻는다.

"내면에 집 져주면 들어와 살래?"
"살고 말고!"

같이 집을 지으면서 이런저런 얘기를 하다가 오래전에 내가 보낸 문자를 보고 뭔가 가슴에 얹힌 듯 무거웠다며 그때의 기억을 꺼내놓는다. 그때 나는 친구의 답신을 받지 못했는데 일부러 보내지 않았다고 했다. 자기도 그런 세월을 겪는 중이라며, "아는 놈은 알지. 언젠가는 가까이에서 같이 살 오막살이라도 져주고 싶었다"는 것이다. 외려 내가 흔쾌히 맞장구쳐줘 고맙다고 했다.

오막살이 내면에 든다.
내면의 가을은 짧다.
가을이다 싶으면 눈이 내린다.
눈길을 뚫어 길을 내듯 마음 여는 오막이 있다.
자신의 터전을 지키며 사는 격지나 텡가리, 뚜구리, 깔딱메기같이
마음에 담아둔 거기, 내면의 원시적 삶을 나누고 싶다.

길이란 큰 여백이다

길을 간다.

"~가도 가도 끝이 없는 외로운 이 나그네길~ // ~아 언제나 이 가슴에 덮인 안개 활짝 개고 / 아 언제나 이 가슴에 밝은 해가 떠오르나 / 가도 가도 끝이 없는 고달픈 이 나그네길 / 비바람이 분다 눈보라가 친다 이별의 종착역~"

테너 손시향이 부른 노래지만 김현식의 버전으로 흥얼거리며 걷는다.

길을 가는 자들에게 인생은 가야만 하는 길인 것이다. 비바람이 치든 눈보라가 치든 꼭 가야 한다. 길의 끝은 아무도 모른다.

더러는 죽음이 문자를 울린다. 친구의 친정아버지 부음이다. 나는 죽음의 여백을 떠올렸다.

삶보다 절실한 게 뭐냐

그가 죽었다는 부음을 받았다

비어있는 자리보다
아직 그리움으로 남은 자리
>

따듯하다

— 졸시, 「여백」

    모든 생은 아름답지만 인연이 닿았던 삶을 생각하면 자꾸만 그의 얼굴에서 번지는 웃음과 말이 생각난다. 죽어도 따듯하게 기억되는 말.

    "니 맘대로 가라. 길이란 큰 여백 아니더냐!"

스스로 묻고 스스로 답을 찾으라는 듯

가리산에 봄이 왔다. 1,051m의 가리산은 홍천군 두촌면 '천현리'와 춘천시 북산면 '물로리'를 경계로 하는 산이다. 가리는 '단으로 묶은 곡식이나 땔나무 따위를 차곡차곡 쌓아둔 큰 더미'를 뜻하는 순우리말도 있지만 머리를 뜻하기도 한다.

햇살이 산마루를 넘는 여섯 시쯤 가리산으로 들어섰다. 하루를 묵고 아침 일찍 산의 아침을 맞이하려는 생각이다. 무작정 오르고 내려오는 산행이 아니라 산의 품에서 칭얼대는 별들의 노래와 휘파람새의 울음을 귀담아듣고, 산의 어둠과 산의 아침을 이어가는 산의 고요를 받아들이려는 것이다.

하루를 마감하는 저녁 햇살도 산을 넘어가며 눈시울을 붉게 적신다. 저녁을 먹고 밤 산책을 나왔다. 어둠 속에서 산들도 푸른 눈을 뜨고 서로를 껴안는다. 금세 어두워진다. 가리산의 봉우리들이 머리를 들고 어둠 위로 뜨는 별들을 가만히 바라본다.

어둠 사이로 나무들이 걸어 나온다. 나무들이 내미는 작은 잎새에 이슬이 맺히고 달빛 별빛이 반짝인다. 달빛을 받은 개나리꽃과 산괴불주머니가 흰빛을 내뿜는다. 멀리 홀아비새의 울음소리가 들리는가 싶더니 소쩍새가 애달프게 운다. 산과 하늘의 경계일까? 무채색의 굵은 선 하나가 구불구불 이어진다. 살별 하나가 긴 꼬리를 그으며 산 너머로 사라진다. 별이 쏟아진다.

시원하다 싶더니 서늘하다 이내 춥다. 홀아비새는 새벽까지 이어질 것 같다. 그때 건너편 펜션에 든 일행이 술 한잔하라고 손짓을 한다. 산에 올랐다가 나물을 뜯고 준비해온 삼겹살에 복분자 술이 있다는 것이다. 일 년에 네다섯 번은 가리산을 찾는다고 한다.

이튿날 아침 여섯 시. 산은 안개가 깊다. 안개 속을 흐르는 것은 딱따구리가 나무를 쪼는 소리와 계곡을 흘러가는 물소리다. 나무와 나무 사이를 안개처럼 산책한다. 바람꽃을 만나고 흰 제비꽃을 만나고 개별꽃을 만난다. 가장 낮은 곳에서 만난 가장 맑은 웃음이다. 웃음에서 향기가 난다.

안개가 움직이기 시작한다. 물푸레나무가 푸른 눈을 뜨고 참꽃이 붉은 입술을 연다. 눈발처럼 날리는 산벚꽃잎이 개나리꽃 위에 내려앉는다. 개나리 그늘 속에 산괴불주머니가 노란 향낭을 터뜨린다. 저만치 앉아 있던 앉은뱅이꽃이 수줍게 고개를 든다.

가리산은 멀리 있어 더 푸르다. 푸른 봄 바다다. 푸른 향기가 출렁인다. 푸른 고요의 산이 새들을 불러 노래한다. 산은 제 몸에 품었던 눈물을 발치에 흘려보내며 바람의 노래, 물의 노래를 듣는다. 푸른 안개를 풀어 아침을 열고, 햇살을 받아들인다. 가리산은 큰 날개를 가졌다.

이상하게도 내가 사는 데서는

새벽녘이면 산들이
학처럼 날개를 쭉 펴고 날아와서는
종일토록 먹도 않고 말도 않고 엎댔다가는
해 질 무렵이면 기러기처럼 날아서
틀만 남겨 놓고 먼 산 속으로 간다.

산은 날아도 새둥이나 꽃잎 하나 다치지 않고
짐승들의 굴 속에서도
흙 한 줌 돌 한 개 들성거리지 않는다.
새나 벌레나 짐승들이 놀랄까 봐
지구처럼 부동(不動)의 자세로 떠간다.
그럴 때면 새나 짐승들은
기분 좋게 엎대서
사람처럼 날아가는 꿈을 꾼다.

산이 날 것을 미리 알고 사람들이 달아나면
언제나 사람보다 앞서 가다가도
고달프면 쉬란 듯이 정답게 서서
사람이 오기를 기다려 같이 간다.

산은 양지바른 쪽에 사람을 묻고

높은 꼭대기에 신(神)을 뫼신다.

산은 사람들과 친하고 싶어서
기슭을 끌고 마을에 들어오다가도
사람 사는 꼴이 어수선하면
달팽이처럼 대가리를 들고 슬슬 기어서
도로 험한 봉우리를 올라간다.

산은 나무를 기르는 법으로
벼랑에 오르지 못하는 법으로
사람을 다스린다.

산은 울적하면 솟아서 봉우리가 되고
물소리를 듣고 싶으면 내려와 깊은 계곡이 된다.

산은 한 번 신경질을 되게 내야만
고산(高山)도 되고 명산(名山)도 된다.

산은 언제나 기슭에 봄이 먼저 오지만
조금만 올라가면 여름이 머물고 있어서
한 기슭인데 두 계절을

사이좋게 지니고 산다.

— 김광림, 「산」 전문

  멀리 가리산 봉우리가 수반처럼 떠오른다. 가리산이 품은 넓은 하늘. 동서남북 탁 트인 가슴가슴을 펼치면 푸른 음악이 쏟아져 나온다. 길 없는 시간의 노래를 듣는다. 천년의 바람소리에 귀를 연다. 산은 책이다. 푸른 행간을 걸어가며 삶의 향기에 취한다.

빈집 안방 문 위에 걸린 액자 속 사진

마을마다 개울이 있고,
먼 옛날 개울의 풍경은 손바닥만 한 액자에 오래된 풍경으로 걸려 있다.

액자 속 흑백 사진
풍경 속을 걸어 나오는 울 할머이
새참으로 가매에 콩칼국시 끓여 동우에 잔뜩 퍼 담가 이고
밭뚝서리 따라 잰걸음으로 나오시네요
버드낭구 이파리도 누릇누릇 시들고
귀따굽게 울던 벌거지들도
따숩게 서 있는 정애비도
여름내 질벅대던 하늘 탓에 곡석은 다 썩어 문드러지고
옥씨기 대궁 바싹 말라비틀어진 비알밭
미옥씨기 토새이 자루메기마다 쟁여 넣다가
할머이 예요 배때기가 등때기에 찰싹 달라붙네요
그랴 얼릉 가마 좀 지둘러라

그래, 지둘루면 장날에 만난 할아부지 할머이의 입담처럼 따수운 사투리가 막 튀어나올 법한 성동골 어느 빈집 벽에 걸린 액자 속의 사진들, 웃고 있는, 근엄하게 눈을 뜬, 그 사람들은 가끔 빈집 봉당에 나와 햇살을 나눌까. 화리 준두가리에 둘러앉아 개울에서 잡은 가재나 버드랑치를 구워가며 우섬애기로 까부러지진 않을까.

내면이 품은 말들

하늘가 산마루.

단풍이 드는가 싶더니 금세 집 앞 단풍나무까지 불 밝히고 있다.

가을의 전령사.

단풍이 햇살을 끌어당긴다.

저녁 붉은 노을빛의 소실점이 어둠으로 섞이며 해거름마저 사라지고

먼 산 부엉이 우는 소리가 들린다.

매일 맞이하는 저녁이지만 작년과는 또 다른 저녁이고 어둠이다.

빛의 세상에서 어둠의 세계로 들면 왠지 우주의 자궁 속으로 들어온 포근함이 있다.

길가의 가로등 불빛도 밤길을 가는 자동차 불빛도 들지 않는 산골 마가리.

삼억 만 년 전의 시간이 찾아오는 내면이라는 곳.

나만의 세계를 찾아낸 곳.

어쩌다 길을 따라 들었다가 찾아낸 아늑이라는 곳이다.

아늑이라는 말은 내안 어딘가 숨었다가 슬며시 기어 나오는 얼굴이다.

누구를 닮은 듯하고 나를 부르는 목소리 같기도 하고 무장국 냄새처럼 다가온다.

아늑은 누구나 꿈꾸는 곳일지도 모른다.

내안의 나를 불러내보고 싶을 때 찾는 곳이다.

빛의 세계는 눈을 통해 만나지만 아늑은 귀로 손으로 코로 몸으로 만나는 곳이다.

빛의 세계가 문명의 끝이라면 아늑은 달의 뒤편이다.

나의 아늑은 내면이다.

그중에서도 월둔 마가리쯤이다.

한때 전나무 피나무가 원시림을 이루던 곳이다.

한때라는 아프고 슬픈 기억을 간직한 곳이지만 살아남기 위해 벌목을 하러 들어갔던 곳이다. 대한민국의 오지 중의 오지.

오대산과 계방산 방태산이 에두른 깊은 산골.

삼재도 들지 않는다는 삼둔 사거리 중 달빛이 고고한 곳.

누구나 한 번은 들어보고 싶다는 곳이지만 들어갈수록 아직도 멀었냐고 묻고 묻는 곳이다.

그러나 그곳에 닻을 내리면 아늑이 감싸는 곳이다.

아무도 가보지 않은 세계는 불현듯 가보고 싶다.

우리가 보는 달의 뒤편 같은 곳은 더욱 그립다.

로망피아(로망+유토피아) 같은 곳.

누구도 알지 못할 비밀의 사원 같은 곳이 누구에게나 있지만 쉽게 내보이지 않는다.

가르쳐준다 해도 찾아가지 못한다.

어느 날 훌쩍 떠난 코끼리가 돌아오지 않거나 늑대가 자리를 비우고 사라지는 곳일 수도 있다.

내면으로 드는 길은 멀고도 멀다.

산속으로 들어가는 길이어서 고개도 많다.

고개라는 게 말이 고개지 첩첩 산속으로 드는 길이라 끝이 어딘지 알 수 없다.

산등성이의 봉우리와 봉우리 사이를 넘는 길이 있는가 하면

산의 비탈을 따라 굽이굽이 돌아 오르다보면 오르막만 있는 고개도 만난다.

그 고개를 다 넘고 나면 내면의 속살을 만난다.

내면의 가을은 일찍 가고 겨울은 굶주린 듯 달려든다.

시월이면 햇살도 시월만큼 짧아지고 발걸음은 빨라진다.

산비탈마다 가득했던 옥씨기와 고추는 이미 초추해지고 배추와 무의 자리도 훤해지면

그 속에 든 감자가 드러난다.

작업이 끝난 양배추 밭은 밑동에서 움이 돋아 푸르다.

나는 짐승처럼 집으로 들어가는 길에 몇 포기 얻어다가 저녁거리로 삶는다.

늦가을에서 초겨울로 접어드는 풍경은 스산하고 쓸쓸하지만 깻집이나 고춧대를 태우는 연기가 골짜기를 타고 올라가 산 중턱을 휘감는다.

잠잠하던 저녁 골짜기가 술렁인다.

골골이 숨은 바람이 산짐승처럼 달려 내려오고

여름내 푸른 그늘을 드리우던 신갈나무 잎들이 붉은 소리를 내며 팔랑거리다 멀리 날아간다.

내면의 겨울은 김장을 하면서 시작된다.

가을에서 겨울로 가는 소소한 일들은 밖에서 안으로 향한다.

베고 묶고 떨고 날리고 담고 쌓아놓아야 가을걷이는 다 끝난다.

좀 다르다면 내면에서는 벼 타작은 볼 수 없다.

한때 벼농사를 지었던 논들이 많았지만 지금은 다 밭으로 바뀌었다.

산 높고 골 깊은 탓도 있지만 내면에 사는 새로운 방식에 적응해온 탓이다.

한때 벼와 옥수수 감자 콩 팥 조 수수가 주 작물이었지만

고원의 바람과 햇살을 받아들여 채소와 야채를 길러낸다.

물론 감자와 옥수수 등 내면의 맛이 깃든 먹거리는 겨우내 뜨듯한 구들장의 주전부리로 자리하기도 한다.

겨울은 얼마나 춥고 긴가? 강밥이며 감자 굽는 날이 많아진다.

어느 집 사랑방은 일찌감치 군불을 넣고 객들을 불러들인다.

아니 때가 되면 찾아든다.

한 사람이 모이든 몇 사람이 모이든 이야기는 개울물처럼 풀려난다.

심을 캔 이야기부터 그 옛날 어른들이 예편(아편)한 얘기 멧돼지 잡은 얘기에 하다못해 개울에서 장어 잡은 이야기까지 구들장

이 서늘하게 식을 때까지 하고 또 한다.
　그쯤이면 추렴을 하여 밤참을 먹는다.

　눈이 많이 와서
　산엣새가 벌로 나려 멕이고
　눈구덩이에 토끼가 더러 빠지기도 하면
　마을에는 그 무슨 반가운 것이 오는가 보다
　한가한 애동들은 어둡도록 꿩사냥을 하고
　가난한 엄매는 밤중에 김치가재미로 가고
　마을을 구수한 즐거움에 사서 은근하니 흥성흥성 들뜨게 하며
　이것은 오는 것이다
　·············· (중략) ·················
　아, 이 반가운 것은 무엇인가
　이 히수무레하고 부드럽고 수수하고 슴슴한 것은 무엇인가

　─ 백석, 「국수」 부분

　백석은 국수를 반가운 것이라고 했다.
　산새나 토끼, 꿩이라도 잡으면 분틀을 걸고 국수를 내렸나보다.

그 국물에 몇 점 고명으로 얹은 고깃점은 얼마나 맛이 나는 것인지.

내면에 사는 마가리들은 지금도 참으로 국수를 삼는다.

분틀 대신 무명실처럼 가는 소면을 삶고 그 우에 삼삼하니 익은 김치를 송송 썰어 얹어 먹거나 들기름에 고추장을 넣고 식초와 순이 돋은 대파를 송송 썰어 넣고 비빔국수를 한다.

어느 날인가 구들장에 배를 깔고 엎드려서 외롭고 쓸쓸함을 적막한 백지 위에 그리고 있는데 듣도 보도 못한 난치나무국수를 먹으로 오라는 연통을 받았다.

난치나무라니, 그게 국수라니.

두말 아니 하고 내쳐 달려갔다.

희고 보드라운 가루들이 섞이고 되직하게 반죽을 치대다가 고구마만 하게 덩어리를 지어 분틀에 넣어주자 장 씨와 전 씨 둘이 매달려 국수를 뽑는다.

메물국시를 뽑는 거와 다르지 않았는데 백석의 말처럼 반가운 것이 왔다.

쇠터울 박 씨는 신배주를 들고 달려오고 섬터 김가는 십년 묵은 노봉주를 들고 건너온다.

물을 설설 끓고 국시 가달이 빠져든다.

형수는 연신 건져내 찬물에 썻어 그릇에 담아낸다.

맛을 기억하는 방식이리라. 아니 가난하고 가난을 나누던 시간을 더듬는 일일 것이다.

개다리소반 위에 양념간장 한 종지와 갓 꺼내 썰어낸 짠지가 전부지만

정말 맛은 시래기장국에서 나온다.

대접마다 담아낸 사리를 설설 끓는 시래기장국에 말아낸다.

소반에 둘러앉아 주고받는 잔도 반가운 것이고

시래기장국을 훌훌 마시며 얼굴 마주하는 것도 반가운 것이다.

어쩌면 혼밥 혼술에 이골이 난 쓸쓸한 사람들이 마주하고 반가운 것을 나누는 일

그 옛날 풍속화를 보는 듯하다.

희끄무레하거나 거무튀튀하거나 후루룩 목구녕을 타고 넘는 부드러움을 여태 기억하는 내면은 겨울 햇살을 살려 따사로이 서로 춥지 않고 외롭지 않으려 궁상을 떠는 것이다.

내면에 들어 내가 만나고자 했던 반가운 것들은 겨울이 품고 있거나 어둠이 품고 있는 맛,

맛을 품은 말들이다.

대처에 나가 살면서 다 잊었다고 하면서도 고향 까마구를 만나면 불쑥 튀어나오는 말들.

소당질이 그렇고 뜨덕국이 그렇고 웽청같이 바상대는 이런 말들이 좋다.

방고래가 식었다.

다시 군불을 밀어 넣는다.

방태산 土地之神 祝文

감히 방태산 산신과 권대감 신령님께 강원도 홍천군 동면 후동리 동막골에 사는 己亥生 許柄稷 筆名 許琳은 술과 음식을 올리고 축원 드립니다.

내면은 원래 소생이 초등학교와 중학교를 다니던 가택이 있던 곳으로 온 사방이 산으로 둘러싸여 있고 내린천이 발원하여 산천 초목의 젖줄이 되고 있으며 그 품에서 사는 사람들의 품성은 순박하고 정이 많아 서로 힘을 모으고 덕을 나누며 즐겁게 살아가는 곳입니다.

내면을 떠나 객지를 떠돌던 소생은 내면 광원리 가덕마을 방태산 자락에 덕담을 나누며 글을 읽고자 초등학교 동창들의 따뜻한 마음과 정성으로 오두막집을 짓고자 합니다.

소생은 책을 읽고 글을 쓰는 시인으로 다섯 권의 시집과 한 권의 홍천강 사람들의 이야기책을 쓴 바 있으며 구월 중에 여섯 번째 시집 『거기, 내면』을 준비하고 있습니다, 그간의 작업들은 미미하고 보잘 것 없으나 사람들과 사람들의 마음을 이어주는 마음을 글에 담으려고 애썼습니다.

다시 내면에 들어와서 살고자 하면서 방태산 산신님과 가덕마을 권대감 산신령의 가피를 얻어 이웃 사람들과 사이좋게 지내며 내면의 산과 강과 버덩의 지명을 찾아 글로 남기고, 사계절의 순리와 이치를 거스르지 않고, 순응하며 사는 사람들의 삶을 글로 받아 적고자 합니다.

이제 소생은 나와 함께 몸과 마음을 나눌 친구들, 이웃들, 가족들, 그리고 내면의 순박한 사람들 모두 건강하고 복되게 살기를 소망하오며, 부디 너그러이 받아주시고 소생이 품어온 작은 소망을 이루도록 이끌어주시기를 정성으로 축원 드리오니 흠향하시기 바랍니다.

단기 4343년 음력 7월 8일, 서기 2016년 양력 8월 10일

동막골

동면 후동리 동막골. 거기. 엄마가 계신다.

버스가 하루 세 번 다니는데 그만 차를 놓쳤다. 어쩔 수 없이 여섯 시 이십 분 막차를 기다렸다가 탔다. 버스는 동면의 오음산 아랫말을 다 돌아 다시 읍내로 나간다. 닭바위_검률_성수_속초_산수골_개운_구릿고개_후동 동막골에서 돌려_개운까지 갔다가_방량어귀_월운공주터_월운 종점에서 다 내려주고 온 길을 돌아나가는 것이다.

막차는 늘 많은 이야기를 싣고 간다. 농사 이야기와 다문화가족의 낯선 말. 자잘한 삶의 조각들이 백열등처럼 푸근하다.

오랜만에 엄마를 보러 간다. 엄마가 보고 싶어 간다. 나이 들수록 더 자주 보고 싶다. 그냥 보고 싶은 거다. 전화를 하면 "뭔 일 있냐?" 축축한 말이 건너온다.

엄마란 마음에 정좌하신 부처다.

내게 손가락을 곱아주며 수를 가르쳐주셨다. 글은 모르셨는데 문자를 깨우쳐주셨다. 시집을 내고 그 시를 읽으려고 글공부를 하셨다는 걸 나중에 알았다. 아직도 받침 정도는 빠뜨리지만 이야기하며 웃는 데 전혀 불편하지 않다.

후동리 동막골 거기. 엄마가 계신다.

홍천하고도 동쪽 끝 동막골

그 마을 뒤로 지르매봉 호덕봉 만대산이 산산 첩첩인데

늘 집으로 갈 때면 늙은 동갈나무 서 있는 구미고개 넘어

어머이 하고 부르며 달려간다

이르나 늦으나 문간에 귀 달고 계시는지

오냐 이제 오냐

손잡아 맞아들이는 거기

다듬이질 소리며 물레 자는 소리며 베치는 소리가 생생한 거기

화롯가에서 밥상머리에서 숟가락질소리가 얼룩처럼 묻어 있는

어머이 치맛자락이 그래도 따뜻한 거기

벌렁 드러눕는 마음의 거처인데

벌써 어머이 여든이 넘고 몸도 마음도 굽을 만큼 굽어

상처를 핥으며 잠든 짐승처럼 뒤척이는 이불 속에 가만 손 넣어 만져보면

관솔 그루터기처럼 뽑지 못한 이 뿌리처럼

남겨진 생의 잔영들이 밤하늘 별로 총총한 밤

아직 안 자냐 그만 자고 일찍 일어나라

다시 돌아눕는 홍천하고도 동쪽 끝

나직나직한 산

첩첩 에두른 동막골

— 졸시, 「동막골」 전문

누룽지

맛보다 정으로 먹는 음식이 있다.

누룽지다. 수타사 공양주보살님이 주시던 누룽지가 생각난다. 그 옛날 시골 노강지솥에서 당원을 뿌려 긁어주시던 엄마표 누룽지가 그립고, 장사집이나 환갑집 가마솥에서 북북 긁어 둥글둥글 뭉쳐주던 주먹밥표 누룽지가 그립다. 그러나 맛있는 누룽지는 냄비 바닥에 붙은 비빔밥 누룽지다. 냄비 바닥이 뚫어져라 박박 긁던 누룽지는 오래도록 기억난다.

춘천 어느 닭갈비집에 가면 닭갈비를 먹은 다음 그 양념에 밥을 볶아 누룽지를 만들어준다. 동그랗게 말린 과자 같은 누룽지는 그 집에서만 맛볼 수 있어 자주 갔다. 주문진 어느 식당에서는 생선구이를 먹고 나오는 손님들에게 누룽지를 봉다리에 담아주기도 한다.

누룽지에서는 아주 오랜 살 냄새가 난다.

적설의 무게가 고요하고 희고 부시고 환한 것을

눈도 크게 뜨지 못하고 옆착에 손을 넣고 가래알을 주물럭거리며 돌처럼 딱딱한 황율 우물거리며 괜한 우체부 기다리는 것인데

까마득한 한 소식도 올 것만 같다

>

잘 듣지 못하는 어머이는 또 딴소리 하고 나는 물에 밥을 말아 들기름에
깨보셍이에 짭짤하게 볶은 무장아찌를 얹어 한끼 때운다

이 한끼 속에는 여인의 희고 보드라운 살 냄새가 난다

— 졸시, 「숭늉」(『엄마 냄새』) 전문

북어

해장국을 먹고 싶은 날이 있다.

술병을 쓰러뜨린 날이 아니라 날밤 깐 날이다.

가끔 원고 쓰다가 푸르게 찾아오는 새벽이 낯설기도 하지만 문을 열고 선뜻한 공기를 들이마시고 사지도 비틀어 뚜거덕 뼈다구도 다시 맞추어 끼우고 나면 속풀이 북엇국물이 생각나는 것이다.

술국으로 끓이는 북어는 통북어가 좋다.

장작같이 바짝 마른 북어를 홍두깨로 사정없이 두들겨서 껍데기와 가시는 발려내고 부들부들해진 속살을 들기름에 살짝 볶은 뒤에 무와 감자를 넣고 푹 고듯 끓이다가 마늘을 넣으면 된다.

먹을 때 파와 고춧가루, 깨보셍이를 곁들여도 좋다.

지난 밤 풀리지 않은 실마리는 내두고 속을 풀어내야 하는 일이 이 아침에 해야 할 일이다.

오래 묵으면 묵을수록 단단해지는 생이 있다

오래 묵을수록 장작개비처럼 썩지 않는 말이 있다

광 바람벽에 걸어둔 북어

할 말 많아 아직도 다물지 못하는

〉

당신, 그 속에 걸어둔 말들

말도 쌓이면 돌처럼 단단해지는 것인데

얹힌 듯 답답하다는 말이 그럴 것이고

죽이라느니 지긋지긋하다느니

광 바람벽에 걸어둔 북어를

퍽퍽 두들겨 팼다

날은 자주 흐렸지만 눈이 오지 않는 섣달 겨울이었다

― 졸시, 「북어」 (『엄마 냄새』) 전문

정애비

시골 들깨밭에 허수아비가 산다.

하나는 아비고 또 하나는 아내다.

그들이 언제 살림을 차렸는지는 모른다.

애기 하나 낳았으면 잘 어울리겠다.

정에 굶주린 탓에 여린 바람에도 살랑거린다 하여 그렇게 부르는 것 같다.

허수아비를 보면 여유롭고 푸근한 시골 풍경이 떠오른다.

세상만큼 빠른 참새가 눈치 못 챘을 리 없지만 속아주는 듯 멀리 돌아간다.

시골은 아직도 사람과 사람의 관계를 따듯하게 만들어주는 그리움의 창고로 남아 있다.

그곳에 꼭 보고 싶어 하는 그가 살고 있다.

가고 오는 길이 멀어도 허수아비처럼 서 있는,

우리 동네서 정애비라고 부르는 너는 나의 미래다.

엄마는
허수아비를 정애비라 부른다

나도
허수아비를 정애비라고 부른다

〉

허수아비를 정애비라 부르는 건

우리 마을에서는

그저 그런 말인데

젖소를 보고 얼룩송아지라고 부르는 애들이

허수아비를 정애비라 한다고

시골뜨기라고 막 놀린다

― 졸시, 「정애비」 (『거기, 내면』) 전문

* 정애비: '허수아비'의 사투리.

일요일

우체부가 오지 않는 날이다.

아침에 딱따구리와 다람쥐 일곱 마리가 다녀갔다.

다래를 따먹는 나를 빤히 쳐다보더니 잠시 후 어치가 날아와 운다.

'알았다. 그만 내려간다.'

올지 모르는 애인을 위해 군불을 땐다.

서쪽의 박 시인이 고구마를 보낼 것이고, 남쪽 바다에서는 마음만 보낼 것 같다.

가을바람이 낙엽마다 매달려 날아간다.

아직 저녁이 오지 않았으므로 그는 집에 없다

나무 혼자 그늘을 조금씩 옮겨 놓으며

바람 혼자 풍경을 흔들고 있다

그가 잠가 놓은 문들의 안쪽에서

잠행하던 타자기가 손가락을 움직여

별을 쏟아내고 있다 하늘

끝없이 이어지는 별들은 책상 위의 책들을

그녀에게 읽어주고 그가 조금씩 괴로워한 까닭을

어렴풋이 알게 되었을 때

그는 돌아와 책상 앞에 앉아 담배를 피우며

창문만큼 열린 하늘을 바라보았다

하늘은 저문 산 위에 또 하나의 집을 짓고

그가 사랑하는 나무와 바람과 강 그리고

한 여자와 슬픔 그리고 몇 줄의 시를

별처럼 반짝이도록 닦으며

어둠 사이를 오래도록 돌아다녔다

그는 창문을 서성이다가 호주머니를 뒤적이며

단풍나무 이파리를 꺼내어 책상 위의 책갈피에

꽂아 두고 엉겅퀴 씨는 편지봉투에 담아 두었다

그는 아직 저녁을 먹지 않았으므로

몇 개의 고구마를 꺼내 화로에 묻어 두고

그가 돌아온 문을 열고 다시 나가

올챙이가 사는 저문 강물에 발을 씻었다

강물은 간지러운 듯 자꾸만 몸을 비비꼬며

그에게 다가와 웃었고 두 손으로 그 웃음을 떠 마셨다

그와 살던 여자는 떠났으므로 집은 늘 비었고 혼자였다

저녁이면 가끔 여자가 보고 싶었지만

그런 날은 고주망태가 되도록 술을 먹었다

문을 열자 군고구마 냄새가 방안 가득했다

소금에 절인 배추 잎에 싸 먹었다

참 편지함을 열어보지 않았구나

그는 생강나무에 걸어 놓은 편지함을 열고
한 통의 편지를 꺼냈다

— 졸시, 「편지함 속의 낙엽」 (『신갈나무 푸른 그림자가 지나간다』) 전문

봄철 천렵

어느 해 봄날, 산괴불주머니 노란빛이 눈을 뚫고 나오는 무렵, 내면에 들었다. 방태산의 바람이 망덕봉을 향해서 들이치고 창문이 덜컹대며 밤새 후달궜다.

잠도 꿈도 몽롱한 아침 이웃들은 장화에 족대에 지렛대에 비료 푸대를 들고 돌밀이를 한다고 어죽이든 매운탕이든 한 그럭 멕여야 한다고 개울로 나갔다. 나는 눈만 동그랗게 뜨고 돌밀이하는 봄철 천렵을 구경했다. 우구루루 몰려나오는 텡가리며 똥싸개며 지름종개 꺽지 게리 마자 쉬리 따위의 괴기들.

봄철 딱 이맘때 봄 일 시작하기 전에 속 든든하게 보신하듯 식담을 나누었다.

'맛이랄 게 있나. 먹을 만하네.'

해가 길어졌다. 한잠 자고 일어났는데도 아직 중천이다. 그때 졸시 「거기, 내면」을 썼다.

생태적 인간들이 내면에 산다
텡가리나 먹지 뚜구리 같은
길순이는 가덕에 살고 종복이는 절애에 산다 영만이는 귀향하여 집을 지었고 지은이는 성을 짓겠다고 날 풀리길 기다린다 다들 성 하나씩 차지한 셈인데
성 생활이 어떤가 내면에 들면

춘하는 족대질을 한다 텡가리 뚜구리 꺽지 깔딱메기 모래무지 정도가
내가 아는 내면의 물괴기들이지만 갈겨니 쉬리 개리 어름치 열목어 묵납자
루 돌고기 미꾸리 기름종개 장어 메기 돌무지 무지하게 많다
　길순이는 불을 땐다 마른 낭구 젖은 낭구 가리지 않고 기막히게 불을
잘 넣는다 아궁이에 앉아 좀 거들라치면
　'그 뭐시냐 좀 때봤냐 쑤석거리지 마라 불 꺼진다니 마누라 도망간다니'
　비료푸대에 담긴 괴기들이 장난이 아니다 어린 새끄래기들 놔주고도 댓
사발이다 노강지에 무꾸를 삐져 넣고 막장 풀고 종복이네 집에서 따온 표
고에 만삼도 좀 늫구 대파도 어슷어슷 썰어 늫구 참낭구 장작에 불을 댕겨
설설 끓두룩 우려낸 뒤 그 국물에 서너 사발 괴기를 늫구 달치도록 끓여내
면
　'맛이랄 게 있나 좀 먹을 만 하다니'
　내면에 들면 여태 저런 얘기가 이 계절 눈처럼 내리는데
　내면하고도 웅숭깊은
　고로쇠낭구 같은 원주민들
　내 시는 여직 거기, 내면에 머물러 있다

　― 졸시, 「거기, 내면」 (『거기, 내면』) 전문

눌언동

물결과 물소리 그리고 붉게 번지는 저녁놀이 강물에 어리는 곳이 눌언동*이다.

여름이 오면 한 번은 꼭 찾아와 물소리에 마음을 씻고 버드나무와 물푸레나무의 푸른 그늘 아래 누워 자연의 기를 느낀다. 더위는 물론 근심까지 물처럼 풀린다. 자연 그대로의 삶이 시원한 그늘막이 되어준다. 여울과 여울이 이어지는 강에는 바위반석이 바닥을 이루고 소(沼)를 이룬다. 누가 놓았는지 징검다리가 있다.

할머니 댁에 놀러 왔는지 아이가 마냥 신이 나서 뛰논다. 옥수수밭이 일렁거리고 아이들이 옥수수를 안고 나와 껍질을 깐다. 튼실하게 잘 여문 옥수수를 솥에 안치고 마당에 화덕을 걸고 불을 땐다. 옥수수 삶는 냄새가 구수하게 퍼진다. 옥수수가 익는 동안 아이는 아빠와 개울에 나가 물수제비를 뜬다. 자연히 아이의 몸에는 눌언동의 흙냄새와 물 냄새와 하늘의 냄새가 밴다. 옥수수 생각만 해도 군침이 고인다. 아궁이에는 감자도 굽고 있다. 굴뚝에선 연기가 피어오른다.

마른 연기 피어오르는 굴뚝을 보면
왠지 그 방 아랫목에 눕고 싶다
바람에 치이고 사람에 치인 허리 지지고 싶다
청동화로에 감자 서너 개 구워 먹고 싶어진다

메주 내 퀴퀴하게 맡으며

하느님보다 무섭던 할아버지를 만나고 싶어진다

수염이 잘 어울리고

눈이 부리부리한 왼손잡이에 시조창을 읊던,

청산리 벽계수는 다시 흘러오지 않지만,

왠지 알싸한 냉괄내 배인

그 뜨뜻한 아랫목에 벌렁 눕고 싶어진다

신문지로 척척 발라놓은 천장

쥐들이 줄달음질 치고, 더러 쥐 오줌이 배인

무엇보다 그날 불었던 샛바람과

햇빛 속으로 뛰어들고 싶다

그냥 내처 달려 들어가

아궁이 앞에 쪼그리고 앉아

불알 늘어지게 뜨뜻해지고 싶다

— 졸시, 「굴뚝」(『노을강에서 재즈를 듣다』) 전문

* 눌언동: 홍천 서석면 수하리 강마을의 지명.

도시락

도시락 콘서트에 다녀왔다. 표도 초대권도 없다. 이런 이런 자리를 펼쳐놓았으니 도시락만 싸가지고 오시길. 그런 자리임을 뒤늦게 알았다. 하우스 콘서트의 장점을 충분히 살린 자리였다. 바이올린과 기타가 어우러지는 소리를 통해 하나가 되고자 갈망하는 두 예술가가 마음을 모두어 여는 스물두 번째 콘서트였고, 그중 도시락 콘서트는 두 번째이다. 시골의 빈 창고를 개조하여 생활 터전과 각자의 연습실 및 전시 공간을 만들고, 이층 한가운데 오십 명 정도 앉아서 숨소리까지 들을 수 있는 자리를 만들었다.

바이올린은 가을의 바람소리 같았고, 기타는 물든 나뭇잎이 내뿜는 색감 같았다. 콘서트를 시작하기 전에 각자 싸가지고 온 도시락을 펼쳐놓고 다 같이 나누어 먹는다. 깍두기부터 초밥 스테이크 연어회까지 산해진미를 이룬 음식들을 나누어 먹으며 자연스럽게 이야기를 나누는 동안 낯설고 서먹서먹한 분위기가 화기애애한 자리로 바뀌었다.

콘서트의 문은 졸작 「구름산책」이라는 시 낭독으로 열었다. 일정에는 없었지만 먼 곳에서 온 친구에 대한 배려였던 것 같다.

구름이 가는 쪽을 바라보다가 붉게 물든다
초희가 살던 돌담길을 지나온 구름이
물속으로 뛰어든다

나무들 사이 하무뭇하니 불던 바람

마른 물갈대를 쓸어 넘기며

저녁을 맞아들인다

물갈대가 기우는 쪽으로 걷다가 쇠물닭과 마주친다

쿠쿠 쿄로 쿄로 하고 운다

시골 교회에서 들려오는 풍금 같다

발판을 밟으며 그 장단에 노래하며 걷는다

노래하듯 노을이 사그라들고

노래하듯 저녁이 살아난다

모래밭을 건너갈 땐

잠든 발자국들이 다 깨어나 사박거린다

어둠을 건너오는 바다가 이내 접질려 철썩거린다

밤새 상처를 핥아줘야 할 거다

파도가 점점 바람소리처럼 나긋나긋해진다

어둠처럼 궁굴어진다

밤길 걸을 땐 오직 어둠에 기댄 채

천천히 가만가만 걸으라고 하던 말이 생각난다

오랜만에 어둠에 기댄 채 숲길을 걷는다

어둠에 눈이 뜨니 어둠이 환해진다

나무는 적당히 흔들리며 나무인 채 서 있다

저녁 한때 울었던 새들은 언제 다시 울까

문득 그녀가 보고 싶은 길이다

— 졸시, 「구름산책」 (『이끼, 푸른 문장을 읽다』) 전문

"사는 게 무언지 하무뭇하니 그리워지는 날에는"

이월

겨울과 봄 사이에 이월이 있다.

겨울이 봄으로 이월한다.

저절로 봄이 오지 않듯 겨울도 쉬 물러나지 않는다.

이월에 부는 바람은 꽃샘바람이다.

꽃이 피는 걸 시샘하여 부는 바람이라고 한다.

그 바람을 맞고 매화는 꽃을 피운다.

내면에선 어림없는 일이지만

꽃소식이 들려올 때마다 봄이 한 걸음 한 걸음씩 오고 있다고 느낀다.

신축년 대한 무렵 봄처럼 따듯했다.

햇살도 바람도 봄기운이 가득했다.

얼음 절벽의 앞계곡이 녹아 새 울음 같은 소리를 내며 흘렀다.

큰 추위 뒤에 오는 훈풍이었다.

오랜만에 창문을 열고 볕 좋은 자리에 줄을 매고 이불을 내널었다.

햇살은 오막의 살림살이에 환한 웃음을 보태주는 꽃이며 비타민이다.

꽃이 귀한 겨울

오죽하면 "동지섣달 꽃 본 듯이"라고 했을까.

나는 "날 좀 보소"에 마음이 닿는다.

내도 반갑게 맞아달라는 화자의 마음이 절절하다.

내면에서 가장 먼저 보는 꽃은 아마도 복수초일 듯싶다.

아랫녘에서 이미 보고 오막에 들어 또 본다.

복수초는 햇살 담은 노란 독기를 품고 눈을 녹이며 피는 꽃이다.

몸이 뜨거운 꽃이다.

눈 속에 꽃대를 밀어 올리는 이름들은 한꺼번에 꽃을 피우지 않는다.

복수초도 먼저 한 송이를 내어 살피게 한 후 이어 활짝 꽃잎을 열어 향낭을 터뜨린다.

눈 속에 꽃 몸살 하던 몽우리를 밀어 올려 노란 노오란 햇살을 담는 꽃.

복수초가 피는 이월이다.

내가 섬기는 신들

아침 일찍 읍내로 나갔다가 저녁에 오막에 든다.
겨우 하루치 밥 한 술 얻었다.
집 뒤 지당 소낭구 한 번 쳐다본다.
아무 말도 하지 않는다.
어쩌면 보고도 못 본 척, 듣고도 못 들은 척했는지 모른다.
내가 태어나면서 신들도 함께 왔다.
그들도 가족이다.
하여, 내가 섬기는 신들은 나를 믿는다.

즐거운 일

극장골을 기다리거나 한 점 앞선 골을 지키려고 몸으로 방패막이를 하거나 죽을힘으로 견디거나 버저 비터를 꿈꾸거나 일부러 반칙을 하는 술수를 부린다. 끝을 기다리는 몸부림이다. 처절하다.

그러나 간절을 기다리는 사람들은 안다. 때가 되면 박주가리나 민들레처럼 바람에 기대어 멀리 날아가 다시 이어갈 생이라는 것을.

될 수 있으면 풀꽃처럼 서로 어울릴 수 있기를 꿈꾼다. 그리고 일상의 소소함에 매달려 내가 그대에게 보태야 할 사랑이 있나 찾아서 함께하려 한다.

개울 건너 곰이네 집에서 맨두 먹으러 오라는 문자를 받으면 마다않고 냉큼 다녀오는 것도 즐거운 일이다.

신 내리는 시간

땅에 씨앗을 넣는 일은 숭고하다.

문명이 발달했다고 해도 해결하지 못한 것이 씨앗을 싹 틔워 꽃을 피우고 열매를 맺게 하는 일이다.

엄마의 뱃속에서 열 달을 기다렸다 나오듯. 그 시간은 신의 영역이다.

신이 어머니를 보낸 까닭이다.

연어

연어는 자기 고향으로 돌아와 먼 바다 이야기를 하지 않는다.
다만 너도 가보라고 알을 낳고 죽는다.

4월

꽃이 벌 나비를 부르는 달이다.

죽음마저 꽃을 피우려는 목마른 달이다.

다 지난 후에도 혁명처럼 또 기다려야 하는 달이다.

꽃아, 왔구나

꽃은 나를 만나러 온 손님이다.

눈으로 내안으로 맞아들이고, 저간의 이야기에 귀 기울일 일이다.

하루에 하나씩 혹은, 한 무더기씩 풀어놓는 이야기가 얼마나 아름다운가.

머금은 햇살은 얼마나 고운가.

귀만 기울이면 꽃은 그가 가야 할 길을 놓고 간다.

꽃아 왔구나. 봄을 기억하는 내게 왔구나.

등

오늘 만난 꽃들은 내안에 등 하나씩 달았다.

너의 봄과 나의 겨울은 같은 시간에 움직인다

지금부터일까 아니, 오래전부터일 것이다.

꽃은 쉼 없이 피었고 쉼 없이 겨울을 맞이하고 보냈다.

한 번의 봄만 온 것이 아니라 수천만 번의 봄이 지나갔고 수천만 번의 겨울이 지나갔다.

봄날 내가 날린 새들은 모두 꽃이 되어 날아갔고, 겨울이 되어 눈으로 날아왔다.

내가 겨울이라 좋아했던 시간은 네게는 봄이었다.

강물이 여우 우는 소리를 지르며 얼어붙는 동안

너의 뒤뜰에선 동백이 피었다고 붉은 봄을 보내왔다.

그 뒤를 따라 "복수초와 매화가 피었다"고,

"이 겨울에 꽃을 다 본다"고 환한 웃음을 보내왔다.

그때마다 나는 내안에 얼음이 박힌 폭설의 풍경을 보여주었다.

봄은 늘 내안에 살아 숨 쉰다.

내안의 봄은 네 몸을 통하여 피어난다.

봄은 기다리는 것이 아니라 내안의 고독을 깨우는 일이다.

나무는 시간의 박물관이다

세월을 몸에 품는다는 걸 조금은 아는 나이가 되었다.

보이지 않던 주름이며 흰 머리카락이며 헐거워진 이빨과 잘 듣지 못하는 귀

이젠 겨우 무늬만 갖추었을 뿐이다.

한때 세상을 읽어내던 눈빛은 흐릿하고

귓속에는 낯선 세상이 들어와 산다.

눈보다 마음으로 세상을 읽으라는 옛말이 낯설지 않다.

언제부터 내 생의 역마살은 다 빠지고

오막에 머무는 날들이 잦아졌다.

뒷산에는 천년의 소나무와 엄나무 참나무가 사는데

한여름 그늘이 얽혀 푸르다.

그 한가운데 권 대감을 모시는 지당이 있다.

오막에 들어온 이후 나의 기도는 소박하고 단순해졌다.

"다녀오겠습니다", "잘 다녀왔습니다" 그것도 나만 듣는 진언이다.

이형재 화가의 그림에서 나는 그 진언을 들었다.

산다는 건 누군가의 기억을 듣는 것

나는 그림 속 나무들의 기억에 귀를 기울였다.

나무들은 바람의 이야기를 알 수 없는 그림으로 보여주었다.

천년을 산다는 건 천년의 기억을 품는다는 말

기억을 품는다는 건 버릴 것은 다 버리고

천년을 꼭 기억해야 할 최소한의 몸을 갖는다는 것 하여,

몸속에 깃든 천년의 기억은 상처로 아물었다.

그 상처마저 다 지워버리고

어제의 기억들도 뒤엉켜 풍상의 흔적만 고스란하다.

구부러지고 썩고 구멍 나고 부러지고 그을리고

숨을 멈춘 생도 맹아도 목류도 다 끌고 가는 천년의 시간

나무가 길어 올린 무언의 생을 읽는다.

오랜 목숨이며 생이라고.

질긴 생이며 나무라고.

이광영 화가의 집에서

아담한 기와집 뒤뜰 소나무 한 그루와 백 년 넘은 산수유나무
오래된 돌담과 담쟁이덩굴 기어오르는 바람벽
강아지들 닭을 쫓는 봄눈 내리는 마을
춘설이라는 화가의 작업실에서 보는 소소한 일상의 봄
해는 해의 방식으로 빛나고
달은 달의 방식으로 지나가며
별은 별의 방식으로 밤하늘에 수놓는다.
삶의 소리는 우주를 공유하는 사유의 씨앗
화사한 색감을 배경으로 꽃나무 아래 팔베개하고 누워 있는 짐
승이나
감청색을 배경으로 하얀 등대 위에 앉아 있는 새는
몸과 마음이 하나라는 미학적 세계이다.
무의식의 의식을 드러내고 있는 〈그림자 안기〉와 〈사랑 나누기〉는
내안의 영혼이 꿈꾸는 우주이고
산 너머로 흘러가던 구름과 강물과 별과 달은
작가가 만들어놓은 무위자연의 삶이다.
새와 나무와 달과 별과 민들레와 나비와 그림자와 남자와 여자는
공존과 공생을 꿈꾸는 생명이 윤회한다는 유토피아적 미학이며
오방색을 통하여 나와 남이 다르지 않다는 물아일체의 자연관
을 엿본다.
자기만의 색의 세계를 만들기 위해 자연에서 질감을 찾는 작업은

부드럽고 낯설지 않으며 따뜻하다.

그것은 농부가 땅을 갈고 씨를 뿌려 생명을 길러내는 마음과 다르지 않다.

하여, 그림을 만나는 동안 소소하고 소박하게 그리고 내안의 울림을 듣는다.

횡설

난 태어날 때처럼 돌아갈 때도 죄가 없다.
— 영화 〈맨 온 랫지〉에서

어딘지 모르는 곳을 지나다가 비를 맞는다. 나는 그곳을 알지 못할 뿐이지만 비는 내리고 나는 젖는다. 나는 어딘지 알지 못하는 곳을 맴돌고, 맴도는 내 모르는 곳에서 빗물은 모여 흘러간다.

내가 알지 못하는 곳과 비가 흘러가는 곳의 경계는 중요하지 않다. 보란 듯 꽃들이 피고 새가 운다.

내 알지 못하는 곳과 비가 흘러가는 먼 곳은 내가 가고자 하는 같은 곳일지 모른다. 믿는 것과 믿지 못하는 노래가 끊이지 않았고, 낮과 밤이 공존하는 시간만 가득했다.

수설

꽃그늘 아래서 한 약속은 향기 같아서 취기만 남고 모두 휘발
되어 기억나지 않는다.

밤바다의 말

촛불 들고 밤바다를 걷는다.
어둠에 치이지 마라.
어둠은 캄캄한 무기를 지니고 있다.
야릇하게도 마음을 빼앗는 힘을 가졌다.
저녁 수평선 너머 바다는 수많은 말을 파도에 실어 내게 보냈지만 귀가 어두운 나는 아무 소리 듣지 못했다.
모래톱에 걸려 혼자 철썩였다.

"그대여 내가 먼저 달려가 꽃으로 서 있을게"

간절

아홉 시쯤부터 네 시 반까지 비탈밭에 퍼붓는 햇살을 받아냈다.

어제 비탈밭에 꽂아놓은 양배추 모가 착 까브러져 일어서지 못한다고 이웃집 아낙이 얼른 올라와달란다.

내 몸의 굴곡진 사이마다 땀이 고이고, 등골을 타고 흐르는 찝찔한 국물이 바람에 서늘하게 흘러갔다.

너는 목마르고 나는 애마르다.

목마른 생의 뿌리에 물을 주면서 아주 작은 간절을 보탠다. 일어서야 한다.

생의 기억

냉장고 뒤져보니 못 보던 봉다리가 나왔다.

풀어보니 옥씨기 씨.

몇 년 전에 빵장이 영만이가 준 토종 씨앗이다.

하지 때 심으려고 두었다가 분명 까맣게 잊은 게 틀림없다.

오랜 기억이라 싹이 트려나? 트겠지? 터야 한다,고 오막 길옆에 심었다.

며칠이 지나고 두어 번 비가 왔고 햇살 든 날이 며칠.

꿈쩍 않아 그늘에서도 잘 견딜 키 작은 꽃이나 심어야겠다 했는데 땅속에서 또르르 말린 촉이 올라와 있다. 오래 잔 만큼 깨나는 데도 오래 걸리는지 옥씨기는 생의 기억을 밀어 올린다.

기억해야 할 것은 기억해야 한다. 나는 벌써 옥씨기가 익는 팔월의 여름을 그리워하고 기억하는 중이다.

시 쓰는 게 직업이라니

시는 내가 가진, 그리고 오랫동안 열심히 몰두해온 유일한 업이다. 직업이라 말할 수밖에 없는 건 시를 제외하고 직업을 가져본 일이 없기 때문이다.

쉽고 편안한 일이 없듯 시도 늘 어렵다. 시를 찾아 나서기도 하지만 그럴수록 꼭꼭 숨어 꼬리도 보여주지 않는다.

시는 두드린다 해서 열리는 문이 아니다. 그냥 길을 걷거나 강가를 서성일 때, 어머니와 콩밭을 매면서 이야기를 나눌 때. 넌즈시 건너온다. 어머니의 말에는 콩알 같은 눈물이 흐른다. 아마도 눈물이 곡식을 키우는 것이리라. 미래는 오늘의 거울이다. 지금 이 순간 정성을 들여 가꿀 뿐이다. 내 삶의 진리는 어머니로부터 배웠다.

시장을 어슬렁거리는 걸 좋아한다. 오일장이 서는 날이면 난전 한가운데를 지나고 있을 거다. 시골에서 바리바리 싸가지고 온 보따리를 길 양편으로 풀어놓고 파는 할머니들의 이야기를 엿듣거나, 객담을 늘어놓고 생의 통증을 잠시 삭히는 떠버리 장사치의 마이크소리에 머뭇거리는 걸 좋아한다. 사투리가 정겹고 구수하다. 닷새에 한 번 장에 나와 국밥을 먹거나 자장면을 시켜먹는 풍경도 재미있다. 오래도록 함께 살아오면서 몸에 밴 정이란 게 철철 넘친다.

봄이면 나물장이고 가을에는 송이와 열매들이 많이 나온다. 곰취, 참나물, 누리대, 두릅이 내가 아는 이름이다. 돌배와 다래, 머루, 개복숭아, 오디는 문내가 좋은 열매다.

나는 참 촌스럽다. 아직도 강냉이를 좋아하고 늦은 저녁이면 고구마 감자를 구워 먹는다. 내 시에서도 군고구마 같은, 한 알 한 알 터뜨리며 먹는 찰강냉이 같은 맛을 담아내고 싶다. 그 안에 닿으려면 더 성찰해야 할 것이다.

새벽 닭 우는 소리가 참 맑게 들린다.

내린천에 산다

오막은 앞개울은 내린천(內麟川)이다. 계방천과 자운천이 만나 내린천이라는 이름으로 살둔-미산-상남을 돌아 인제 합강나루터 용소에서 인북천과 만나 합강이 되어 소양강으로 흘러든다.

내린천은 내면의 내(內)와 기린면의 린(麟) 자를 따서 붙여진 이름이다.

오대산 계방산 방태산 골짜구니에서 발원한 물은 낮은 아래로 흐르면서 또 다른 골짜구니의 물을 만나고 만나 큰 강을 이룬다.

느닷없이 무슨 내린천이냐 하겠지만 내린천에 대한 애정이 누구보다 깊기 때문이다. 특히 내린천에만 사는 수생생물 중 물고기들이 다양하기 때문이다. 오막 앞개울에는 열목어 어름치가 산다. 열목어는 연어과의 물고기로 멸종위기 보호종이고 어름치는 천연기념물이다. 고서에 열목어는 여항어(餘項魚)로 기록되어 있다. 1530년에 펴낸『동국여지승람(東國輿地勝覽)』홍천현 편에는 특산품으로 여항어(餘項魚)가 올라 있다. 열목어는 육식성이라 작은 물고기나 수서곤충의 애벌레 등을 먹이로 한다. 이른 봄이면 플라이 낚시를 즐기는 동호인들이 열목어 낚시를 하러 찾아오기도 한다.

옛날엔 내면에 열목어가 아주 흔했다고 한다. 지금은 멸종위기 보호종으로 보호되고 있고, 올수 칡소나 명개리 아소베랑에서는 맨눈으로도 볼 수 있다.

내면에서 열목어를 부르는 이름은 달랐다. '연메기(연미기)'라고 부른다. 처음 들었을 때는 메기 중에서 연한 색깔의 메기인 줄 알

왔다. 오랜 후에 오막에 들면서 연메기가 열목어라는 것을 이 마을 사람들한테 들었다. 연메기의 새끼는 '댓닙이'라고 부른다.

최근 정약전의 『자산어보(玆山魚譜)』를 다시 읽는다. 오막에서 할 일이 분명해진다.

꽃과 내가 만나는 지점에서

지금 막 사무실 문을 밀고 우편배달부가 왔습니다. 택배라며 책상 위에 놓고 뒤돌아 나갔습니다. 그냥 보내는 게 아닌데 차 한 잔 권할 새도 없이 그는 갔습니다. 그 짧은 시간에 나눌 수 있는 인연이란 뒤돌아 나가는 그의 등에 "고맙습니다. 수고하세요."라는 말 뿐이었습니다. 나는 허공에 흩어지는 말들이 하늘로 올라가 봄 비로 내리기를 기다리기로 했습니다.

내게는 소소한 기다림이 있습니다. 꽃입니다. 오막에는 벌써 복 수초가 피었다는 소문이 돌았는데 사무실 앞 화단에는 낯선 들 꽃 무데기가 오래전부터 꽃망울을 매단 채 꽃대만 천천히 밀어 올리고 있습니다.

그는 더딘 봄을 만나려는지 아니면 늦은 겨울을 품고 있는지 늘 그만큼만 보여주고 있습니다. 그가 품은 꽃의 하늘을 기다리는 것입니다. 강원의 삶을 품고 있는 꽃들이기에 마냥 기다리는 중입니다.

나는 늦게라도 피는 꽃의 자세로 그 삶의 변죽에서 기다림과 마중의 향기를 만나고 싶습니다.

잠이 오네

샤워하고 물기 닦아내고 살결이 뽀송뽀송해질 때
따듯한 아랫목에 맨살로 누워 구들장 온기를 느낄 때
몸 저 안에 숨은 졸음이 몰려와 품 안에 안길 때
당신이 한 말 한 마디가 아주 먼 메아리로 닿았다가 사라질 때
강처럼 돌아누워 다시 흘러가 슬며시 손을 넣어 여기가 거긴가
더듬어볼 때
문 닫은 대폿집 깨진 유리창 안 어둠마냥 캄캄하게 취하고 싶
을 때
또 다른 생각이 당신에게 닿고 있을 때
여직까지 지워지지 않은 해안 모랫길 같은 거기가 여긴가 싶을 때
사랑도 한때여서
슬퍼하기 딱 좋다는 봄이 와서
홀망하여
꽃 속에 들어 잠들었을 때
객쩍은 생각이 나를 보고 있을 때

엄동에 꽃을 보다

잔설이 쌓인 이월 말쯤일 거야.

햇살 바튼 산 아래 밭두렁서 달롱을 캐 노랑 오시던 엄마 참꽃
한 가지 꺾어 오셨지.

겨울 구름처럼 칙칙한 방 한구석에 소주병을 씻어 참꽃을 꽂아
놓았어.

꽃이 피기 전까지 꽃은 존재감이 없이 문대기를 뒤집어썼지.

보름쯤 지났을까 빠알간 입술 같은 몽우리를 내밀더라구.

꽃을 봐서 꽃의 존재를 느낀 건지 방안도 환해지더라구.

나도 꽃을 기다렸다는 걸 감출 수 없더라구.

네가 피운 아주 작은 꽃으로

나는 환한 길을 간다.

거울

법정 스님이 소유한 물건 중에는 거울이 있었다. 거울 뒷면에는 삭발한 날짜와 연도가 쓰여 있었다. 자신의 얼굴을 보자는 것이 아니라 자신의 마음을 되잡아보려는 배려인 듯하다.

"나는 내 마음이 해이해지면 거울을 꺼내보고는 했다오. 그러면 머리를 깎을 때의 신심이 칼날처럼 일어나고는 했거든요."

처음 낸 마음 그 초발심을 지키려고 가슴속에 지니고 다니면서 자신을 비추어보며 게을러지고 흐트러지는 마음을 다잡았다는 거울. 그 뒤편, 그만큼만 닮고 싶다.

법정 스님의 산문집을 관통하고 있는 주제는 무소유적 삶이다. 무소유만큼은 자신이 깨달아야 할 화두였다고 느껴진다.

과연 무소유란 무엇일까?

그는 수필집 『무소유』에서 소유욕에 대한 집착을 버리고 진정한 마음의 자유를 누리며 살고자 하는 절실한 심정을 드러내고 있다. 일상적 삶 속에서 겪는 소유의 고통에서 벗어나 진정한 자연인으로서 누리는 자유의 소유자가 되라는 가르침이 아닐까.
뒤적이는 가을밤이다.

가볍고 따듯하고 맛깔스런 서정 - 강물

물은 흘러간다. 흘러가 강이 되고 바다가 된다. 바다가 되어 둥그런 수평선이 된다. 물이 흘러온 길이 바로 우리들이 삶아온 삶의 궤적이다. 홍천강이 흘러온 물길을 걷는 것은 그 문화예술의 머릿돌을 축으로 새로운 문화를 만들어내는 것이다.

홍천의 강은 먼 고구려 적부터 그 명맥을 이끌어 온다. 아니 그 이전의 태고부터 비롯되었을 것이다. 문자로 기록된 시간과 이름들은 또 다른 상상을 꿈꾼다.

벌력천(伐力川)은 홍천을 상징하는 말이다. 넓게 벌린 강이라는 이두 문자이며, 홍천의 품성을 대신한다. 그 이름은 남천으로, 녹효강으로, 화양강으로, 홍천강으로 불리면서 오늘에 이르고 있다.

홍천강은 미약골 모두부치에서 발원하여 홍천을 품은 벌력의 강이었고 남천이었고 화양강이었다. 이 강가에서 아버지가 살았고, 어머니가 살았고, 그 아들딸이 살았고, 또 그 아들과 딸들이 살아 산이 되고 물이 되어 또 살았다.

물은 흐르고 흘러 끝내 수평을 이루고 그 심성은 인간이 가야할 중용의 덕을 보여준다. 물은 낮은 곳을 애써 찾지 않으며 높은 곳을 탐하지 않는다. 산과 마을, 내 고향과 그 품에 깃든 사람과 그 삶을 품고 흐르는 것이리니, 물은 곧 땅이고 하늘이다. 물은 흘러

태극이 되고 삼라만상이 되고 내가 되고 네가 되고 우리가 된다.

강을 따라 걸으면서 강에 귀의한다. 무색무취의 빛으로 탄주하는 노래다. 물의 맑은 소리에 귀의한다. 강물소리에 귀를 열고 심연의 푸르른 빛에 마음을 연다. 마른 논에 물이 들듯 눈을 감고 몸 안으로 스미는 소리를 듣는다. 물은 끝을 보고 흐르지 않는다. 낮은 곳으로 향하는 묵언의 몸짓으로 그냥 흐른다. 흐르다 깊어지면 소(沼)를 이루고 여울을 만나면 음악이 된다. 재즈가 된다.

강이 내준 돌다리를 건너다가 강물이 씻어놓은 바위 위에 걸터앉아 물속의 하늘과 그 하늘의 고요를 마음에 들여놓는다. 홍천강- 어디든 자리를 펴도 좋다. 강을 즐기면서 내안의 울림을 들으면서 물과 함께 떠나는 여행.

내 문학의 시작은 나를 떠나는 것에서 시작한다. 시가 내안에 머물러 있으면 습의 권태를 벗어나지 못한다. 강은 바로 내 삶을 충전시켜주는 길이다. 나도 물소리처럼 자유로운 발상을 꿈꾼다.

시월의 어느 날

내게 오지 말았어야 할 사랑이 왔다. 바람에 날아온 불그스름한 나뭇잎에 햇살의 문장들. 오랜, 시간의 집이라 머물렀던 둥지에서 어린 짐승은 날아갔고, 그 하늘이 나뭇잎 사이로 푸르게 온다.

내게 오지 말았어야 할 사랑처럼 맑고 깊다. 모든 사랑은 손닿을 거리만큼 떨어져 있고, 눈길 닿는 자리에 있다. 손을 뻗으면 내 안으로 들고, 눈을 마조하면 금세 눈시울이 붉어진다.

하루는 경포호수를 걸어 선교장을 지나 갈기봉까지 올랐다가 다시 경포대를 둘러보고, 경포바다 모래밭에서 내안의 뜨거운 문장 하나를 꺼낸 적 있다.

또 하루는 화진포를 돌아 바닷가 모래밭을 걸어갈 때 불쑥 문장 하나가 손을 내밀어 손을 잡은 적도 있다

또 하루는 늦은 저녁 바닷가 어느 술집에서 노래를 부르다가 노랫말을 빌려 속삭이듯 문장 하나를 꺼낸 적이 있다.

결국 오지 말았어야 할 사랑은 기어이 와서 문장이 된다. 꼭 잡고 보내지 말아야 할 하루하루가 꽃으로 피어 환하다.

들깨감자탕

친구는 목욕탕 때밀이이다. 우리나라에서 때를 제일 잘 민다. 온천이 그의 일터지만 일터를 찾아가면 엄청 반긴다. 원탕에 들어가 때를 불리다보면 노곤해지는데 그때 와서 어깨를 툭 치며 오라고 한다. 옷을 훌렁 벗어던진 몸을 이리저리 싹싹 때를 민다.

밀려나오는 때만 봐도 건강 상태를 알 수 있다고 한다. 오늘은 시꺼먼 때가 밀려나왔다. 친구는 날 보고 건강하다고 한다. 아프거나 건강이 안 좋으면 때가 하얗게 밀린다고 한다. 시꺼먼 때가 나오면 창피했는데 건강하다니.

목욕을 하고 나서 친구랑 점심을 먹는다. 예천에서 시집온 친구 안식구는 음식 솜씨가 좋다. 비도 오고 해서 들깨감자탕을 끓였다고 한다. 들깨의 향과 감자의 맛이 더해져 깊은 맛이 난다. 강원도로 시집온 지 서른 해가 다 되어가는데 아직도 손끝에서는 고향의 맛이 난다.

가을 강 여행

가을 그리고 하늘. 눈 닿는 데까지 선명하다.

양구서 홍천행 버스를 탔다고 친구한테서 문자가 왔다. 도착할 시간에 맞추어 터미널에서 기다린다고 문자를 보내고 서둘러 터미널로 향했다. 터미널은 희비가 만나는 지점이다. 이별과 만남이 있고 웃음과 울음이 있다. 한 번은 만나고 한 번은 헤어져야 한다.

양구서 오는 친구를 먼저 가서 기다리겠다고 했지만 강가를 돌아 흐르는 풍경이 발길을 잡는다. 가을 강은 맑고 투명하다. 산과 나무만 단풍이 드는 것이 아니라는 듯 강 빛도 곱게 물색이 돈다. 강가에 자리 잡은 갈대들이 역광에 비껴 반짝이고, 물결마다 스쳐 가는 햇살이 윤슬로 부서진다. 강가를 돌아 꽃 하나하나 눈 마주하고 가는데 도착했다는 문자가 왔다.

친구와 홍천강을 따라 물처럼 흘러간다. 소매곡리 다리를 건너면서 길은 강을 따라 흘러간다. 도사곡리에서 문뜰을 지나 도새울로 접어들었다. 일필휘지 휘갈겨 쓴 듯 흐르는 홍천강을 보여주고 싶었다. 울적한 날이거나 누군가 그리워지는 날이면 마음보다 몸이 먼저 가곤 했던 곳이다. 그러나 숲이 우거져 강은 보지 못하고 붉디붉어 물색 고운 단풍만 보고 다시 도사곡리 다리를 건너 굴지리로 들어서자 이층집 마당에 도토리를 펼쳐놓은 풍경이 눈에 들어왔고, 한 귀퉁이에서 얼굴에 주름이 가득한 부부가 도토리를 까고 키질을 하고 있었다.

더욱 정겹게 느껴지는 것은 아무 말도 하지 않고 눈으로 뭔가 이야기를 나누는 무언공감의 순간이었다. 분명 노 부부는 진지한 이야기를 나누는 듯했다. 흑백 사진 속에 잠행하는 그림을 본 듯 가슴이 뭉클했다. 노 부부는 마음의 귀와 심미안을 가지고 오십 년이 넘도록 살아왔다고 한다. 몸짓으로 나누는 이야기가 나무와 나무, 꽃과 꽃들이 주고받는 이야기처럼 보였다. 홍천강에서 만난 물소리와 바람소리가 나누는 이야기처럼 들렸다.

사르륵사르륵 알맹이는 남고 껍데기는 날아간다. 말이 아닌 수어로 주고받는 이야기 속에 바구니에는 도토리가 쌓인다. 말이 아닌 눈짓으로 뭔가 이야기를 나누며 강을 따라 걸었다. 말없이도 참 많은 이야기가 오고 갔다.

아라리

"정선읍내 물레방아는 물살을 안고 도는데~ / 오늘밤 이내 몸은 뉘가 안고 돌까나~~~"

정선아라리를 듣다가 가락 한 소절에 귀를 세웠다. 얼핏 들은 것 같다.

"우리 집 총각 놈은 날 안고도 못 도네~~"

아라리의 한 구절은 자신의 속내를 들어내고 있는데. 아마도 이 노래의 주인공도 속이 많이 아팠지 싶다.

물레방아도 멈추고. 가을이다. 방아도 쉼 없이 도는데 지쳤나보다.

정선의 가을은 나만큼 가을하여 외롭고 소슬하다.

물은 먼 골짝에서 마을을 횟돌아 흐르고, 마을 청년들은 물통방아와 수채를 파러 산으로 갔다. 그러기를 며칠 마을에서는 수채를 놓아 물을 끌어오고 쿵더쿵덕 물통방아가 물을 받았다가 공이를 들었다 놓는다.

방아를 찧는 일은 긴 인내를 요구한다. 서두르지 않고 물 흐르는 만큼 그 시간의 흐름에 맞추어 살아온 산골짜기 삶 거기가 도원 정선에서 살아가는 유일한 방법이었다.

곤드레 딱주기~~~. 앞산에 딱따구리는~~~ 정선아라리가 느
린 호흡으로 흘러간다.

삼척 김 씨 할머니

산계리 절골 삼척 김 씨 할머니는 여든한 살이다. 낫처럼 허리가 굽었고 삼백 년쯤 된 향나무처럼 주름이 깊다. 머리에 수건을 두르고 느릅나무를 자르고 있었다. 날이 쌀쌀해지자 군불을 땔 나무를 마련하는 것이다.

낫이 보이기에 산에서 끌어다놓은 나무를 가지런히 때기 좋게 잘라 단으로 묶어 처마 밑에 쌓았다. 할머니는 고맙다고 정말 고맙다고 물을 건넨다. 고마운 건 외려 나인데 말이다. 나도 한때 나무꾼의 자식이었고 나무꾼이었다는 기억을 떠올리게 해주었다.

밭둑서리 땡감을 가리키며 따 가라고 하신다. 딸 사람도 없고 먹을 사람도 없다고 한다. 봉다리 가득 감을 얻어 와 밤새 껍질을 깎아 매달았다.

겨울이 기다려진다. 보기만 해도 하무뭇하다. 누군가 꼭 나를 만나러 오겠다는 기별이 올 것 같다. 첫눈처럼.

저녁 초대

주문진 포구를 구경삼아 산책을 하다가 윤병주 시인한테 문자를 남겼더니 바로 전화가 왔다. 주문진의 억척 똑순이 황영순 시인의 일터에 가 있으라 하여 어장을 들러보며 슬렁 산책을 했다.

게가 싱싱했다. 문어도 싱싱하고 값도 쌌다. 황 시인은 수협 한 모퉁이에서 게, 문어, 소라 등을 삶아주거나 커피 음료와 초장 등을 판다. 그녀는 시인이자 여자 중개인이며 여장부다. 마음이 한량없이 곱다. 잠시도 쉬지 않는 시인의 삶의 궤적을 보는데 윤 시인이 왔다. 다짜고짜 저녁 들고 가라는 통에 그러기로 했다. 어차피가도 혼자 찬밥덩어리를 굴려야 하니까 한끼 해결한다는 마음이었는데 누군가와 전화를 주고받더니 능이백숙이라고 귀한 저녁을 예약한다는 것이다.

능이는 참나무 숲에서 자라는 버섯이다. 그 향이 강하여 향버섯이라고도 하는데, 단백질을 분해하는 효소와 면역기능 강화, 항암 작용을 한다고 한다. 가을 들 무렵 능이백숙을 먹어두면 감기 예방에 도움이 된다. 다 먹고 그 국물에 영양밥을 넣고 죽을 끓이는데 그 맛이 일품이다.

외롭고 쓸쓸한 얼굴들 여럿 비문처럼 떠올랐다 사라졌다.

시계

어느 날 어머이께서 서랍을 뒤적이시더니 시계를 꺼내놓으신다.

세 개다.

전부 멈춰 서 있다.

그중 하나는 태엽시계다.

시계는 작고 앙증맞았다.

같은 시간 속에 살면서 주로 여자들이 찼던 시계가 그러했다.

그에 비하면 남자들이 차는 시계는 크고 묵지럭했다.

어머이가 꺼내놓은 시계 중 하나가 움직이기 시작했다.

몇 년 몇 월인지 모르지만 14란 숫자도 보였다.

아마 멈춰선 날짜 같았다.

어머이는 시계 속의 시간을 읽지 못한다.

그러시면서 시계는 차고 다니셨다.

시계 볼 줄도 모르면서 어머이는 지금이 몇 시인지 아셨다.

지금 생각나는 게 있다.

"어머이 지금 몇 시야?"

"자, 여기."

어머이는 그때마다 시계 찬 손을 내밀었다.

그러곤 그때마다 몇 시냐고 물었다.

흘러간 시간을 묻지 않고 지금 이 시간을 살아오신 것이다.

시계가 없어도 어머이는 한세상을 사셨지만

어머이 손목에서 흘러간 시간을 기억하는 것은 고마운 일이다.

보내지 않았는데 벌써 가셨다.
어머이의 시간이 더 그립다.

앞개울

운다

뭔 일 있나?

그저 말도 안 하고

울기만 하는 앞개울

엎드려 우는 그대가 했던 말

살아가려고 슬퍼지는 일에는 슬퍼해야 하는 것

다 울도록 내버려두는 일인데

어디까지 흘러가며 울까

앞개울

불을 꽃으로 피워내는 사람

'부' 자가 들어가는 직업의 면면을 보니 생얼이다.

대표적인 얼굴이 농부다. 어렸을 때 농부를 그리라면 밀짚모자에 땅빛깔로 얼굴을 칠했던 게 생각난다. 그 다음이 어부다. 그물을 어깨에 걸치고 한 손엔 생선꾸러미를 든 채 어디론가 가는 그림이다. 그 다음은 광부다. 곡괭이를 둘러메고 얼굴에는 시커멓게 색칠을 하고 주름살도 몇 개 죽죽 그려 넣었던 것 같다. '부' 자가 들어가는 직업은 청소부, 파출부, 배달부 등등 더 있겠다. 최근에 나는 화부라는 직업이 있다는 걸 알았다.

'부' 자가 들어가는 직업이 모든 일의 기본이면서 오로지 신의 선물로 받아들이는 사람들이라는 걸 느꼈다.

불구덩이에 들어가 불을 받아내는 사람이 화부다. 화부가 있기에 누군가는 지지고 또 누군가는 땀을 흘릴 것이고 또 누군가는 하루의 피로를 풀 것이다.

누구나 불을 땔 수 있겠지만 그 일을 업으로 하여 삶을 지탱하는 사람은 고귀한 마음의 소유자. 불을 꽃으로 피워내는 사람, 화부.

새벽 네 시 반. 불을 넣는다.

감자 싹을 줍다

동쪽 바닷가 한동안 살았다.

해안선을 따라 파도가 밀어 올린 사구에는 소나무가 푸르고 파도에 바람소리가 밀려오는 곳이었다. 10층에서 바다를 보다가 울렁증을 앓기도 했다.

애인도 소식을 끊고 나는 슬퍼할 겨를도 없이 한끼의 밥으로 근근이 살았다. 바람이 세차게 불었지만 햇살은 따듯했다.

바람이 잠잠해지면 산책을 하였다. 소나무가 숲을 이루어 푸른 햇살과 그늘이 넘쳤다. 그 숲 한가운데 초희네가 살았다. 초당두부를 초희네가 제일 먼저 해 먹었다고 한다. 바닷물을 길어다가 했다는 두부에서 바닷내가 났다. 나는 비지를 얻어다가 이불에 둘둘 말아 햇살 바른 창가에 두었다가 뜨면 비지장이나 비지밥을 해 먹었다.

바닷가에 사는 동안 『울퉁불퉁한 말』과 『이끼, 푸른 문장을 읽다』를 냈다. 주림은 더 깊어졌다. 감자 수확이 끝난 밭에서 메추리알만 한 감자를 줍다가 이레씩 살았다.

장미꽃이 한창인 길을 걸으면 괜히 슬퍼지기도 했다. 장미가 지루하게 오래 아름다워 싫었다.

장미의 붉은 열정이 향기로 짙어지는 게 싫었다. 아름다움도 누군가에게는 지겨울 때가 있다는 걸 알았다.

동쪽 바닷가 어딘가 살던 집 냉장고에 미안하다는 메모지를 붙여놓고 늦은 밤 떠났다. "석 달치 밀린 방세는 냉장고로 대신……." 잉크가 말라 문장을 마무리하지도 미안하다는 문장도 쓰지 못했다.

　가로등 불빛에 장미는 붉지도 희지도 않았다. 후끈 달아오른 바람이 몰려왔다. 걸쳤던 누추를 하나씩 벗으며 고개를 넘었다. 비지 냄새와 장미 냄새가 휘발되는 길. 유월의 밤이었다.

찔레꽃 필 무렵

찔레꽃 향기가 오막에 풍긴다. 이맘때면 더 그리워지는 꽃이다.

찔레꽃과 잘 어울리는 사람이 엄마다. 어마는 늘 보릿고개를 넘었다. 뭐든 먹어야 하던 그런 시절을 살았다. 덜 여문 보리를 훑어다가 보리죽을 쑤던 때도 이맘때였다.

엄마는 쥉일 먹을 걸 찾아 산으로 들로 개울로 나섰다. 나물을 뜯으러 가신 날 저녁에는 마중을 갔다. 엄마는 엄마보다 더 무거운 나물자루를 이고 오고, 그걸 받아 지게에 지고 집으로 오곤 했다. 빈손의 엄마는 찔렁덩굴을 찾아 찔렁 순을 꺾어 노량* 오셨다. 몇 개 순을 까 드시고 집에 오면 곤드레를 골라 푸럭국을 끓인다.

멀건 죽사발
찔레꽃같이 하얀 달
둥둥

*노량: '천천히, 느리게'를 뜻하는 홍천 사투리.

씨구워서

단골로 다니는 김밥집이 있다. 한자리에서 이십오 년째 김밥을 말았다니 정말 대단하다.

나는 원래 몸집도 작고 밥통이 작아 김밥 두 줄을 다 못 먹는데 한 줄은 그렇고 하여 집김밥 두 줄을 주문한다. 집김밥은 직접 말아주시는데 반찬으로 단무지와 물김치를 주신다. 물김치는 철에 따라 돈나물, 미나리, 나박김치, 열무김치를 내놓으시는데 삼삼하고 시원하다. 나는 물김치에 밥을 말아 먹는 걸 좋아하여 처음 갔을 때 먹던 김치가 남아버릴 것 같아 밥을 한 숟갈 말아달라고 했다. 그 다음부터 김밥 한 줄 다 먹을 지음이면 밥 반 공기를 주시는데 나만의 특혜 아닌 특혜가 되었다. 그리고 남은 김밥은 기따가 먹으라고 싸주신다. 김밥 두 줄을 주문해 먹는데 밥 반 공기와 고들빼기김치를 내주신다.

"씨구운데 드셔보실라우."

고들빼기김치는 원래 쓴데 입맛 돋우는 덴 그만이다. 뿐만 아니라, '기따가', '씨굽다'는 말은 얼마나 따뜻한가. 몸은 이미 김밥집에 작은 의자에 앉아 있다.

엄마의 이름

모, 어미, 어머니, 엄마, 에미, 어머이, 어멈, 어메⋯⋯.
그런 이름의 여자
그렇게 부르던 이름
초등학교 때
엄마 이름 쓰기를 했는데
어머니라고 썼다가 지우고
여보라고 썼던 기억이 있다.
아부지가 그렇게만 부르셨으니
그게 이름인 줄 알았다.
반 친구들의 놀림감이 되었는데
그때 못 쓴 친구들이 나뿐만이 아니었던 것 같다.
엄마 이름으로 온 편지나 소포나 선물은 없었다.
몇 년에 한 번 선거하러 가던 날
엄마 모시고 가서 알게 된 이름
엄마로 사느라 다 잊어버렸던 이름
나라를 위해 일한다고
고래고래 목 쉬어 터지도록 외치던 그들을 위해
엄마라는 이름 대신 백성을 위한 순한 사람이 되라고
당신의 아버지가 지어주신 이름
이제 쓸 일도 없지만
엄마로 기억되는 이름

쓰다보면 배꼽처럼 동그래지는 이름.

엄마의 이름을 알게 된

초등학교. 고야꽃 하얗게 피었던 학교.

운동장에선 축구보다 배구를 하는 아이들이 많았고

점심에는 건빵을 접시에 담아 나누어 먹었던 학교.

햇살이 뜨거우면 강에 나가

여자들은 웃물에, 남자들은 아랫물에서 멱을 감다가

사춘기가 좀 일찍 찾아온 애들은 쭈뼛대며

서로 몰래 훔쳐보던 그 여름 유월

그때 알게 된 엄마의 이름.

욕심

아침에 비 오고, 저녁에는 달이 떴다.

친구들이랑 고기를 잡았다. 무지하게 많이 잡았다. 발그스름한 몸에 쏘는 침을 가진 미끌거리는 고기도 잡았다. 손으로 잡아보려고 하는데 친구가 소리쳤다.

"쏘이면 엄청 아파!"

집으려다 말고 눈으로 구경만 했다. 그놈은 양동이 속에서 엄청 바쁘게 돌아댕겼다. 그런데 친구는 고기를 잡다 말고 물속에서 뭘 주웠다. 뭐냐고 물으니 까맣고 딱딱하고 찔쭘한 걸 보여준다. 하나하나 주은 게 꽤 되는지 호주머니가 툭 불룩하다. 고기를 다 잡고 내 주머니에 다 넣어준다.

"너 다 가져."

집에 와서 세숫대야에 넣고 물을 부어줬다. 까맣고 단단한 동글동글한 것들은 껍질 속에 넣었던 몸을 쭉 빼고 안테나 같은 더듬이를 빼더니 살살 기어 다녔다. 느린데도 엄청 빨랐다. 어떤 애는 세숫대야를 넘어 탈출을 했다. 다시 물에 넣어주었다.

가만히 보니 그들은 몸을 빼 빠는 거 같았다. 저렇게도 사랑을 하나. 참 특이한 자세로 사랑을 했다. 몇 번을 씻어서 놔두어도 내가 보건 말건 서로 몸을 길게 빼 사랑을 했다. 사랑할 때는 남을 신경 쓰는 게 아니라는 듯.

깨끗이 씻어서 냄비에 끓였다. 막장을 풀고 또 뭐두 넣구 뭐두 넣었다. 한참 푹 끓은 후에 건져서 속을 빼 먹었다. 맛이 기막혔다.

열 개만 먹고 친구랑 먹어야지 하고 남겨두었다. 자꾸 먹고 싶어 참을 수 없었다. 열 개만 먹구 정말. 그런데 또 먹고 싶어졌다. 이번에는 정말이다. 열 개만. 그러다가 그만 다 빼 먹었다. 욕심을 끊을 수가 없었다. 친구야 담엔 꼭 냉겨둘게.

시월

어디를 가든 길에 흘린 시간의 흔적이 묻어난다. 나무는 나무대로 풀을 풀대로 마르고 물들이며 가을에서 겨울로 건너가고 있다.

시월의 마지막 날은 십일월로 가는 섶다리이지만 자꾸 다리를 건너면서 물소리로 가라앉는 연민을 떠올린다.

연민이란 샘물처럼 차올랐다가 사라지는 것이지만 유독 시월의 마지막 날이면 보름달처럼 가슴속 저수지 가득 차오른다. 문득 불현듯 갑자기 불쑥 은연중에 수면 위를 차고 오르는 연민은 짐승처럼 사나워서 언제 어디로 튈지 알 수 없다.

시월의 사랑은 시월을 너머 오겠다. 시월이듯 시월이듯.

초당을 걸으며 가시연을 보다

강릉에서 떠돈 지 일 년 반이 지났다.

강릉에 올 때는 해야 할 분명한 일이 있었으나 한 달도 채 되지 않아 부실과 부도로 그냥 주저앉게 되었다. 어쩔 수 없이 떠돌며 나름 재밌게 견뎌보자 마음먹고 지금까지 산책을 즐기며 지내고 있다.

강릉은 놀기 좋은 곳이다.

속된 말로 '돈만 있으면 어디든 놀기 좋고 살기 좋은 곳 아니냐'고 반문할지 모른다. 그러나 강릉은 다르다. 늘 새로움이 있다. 상상이 가능한 곳이다. 바다와 산, 숲과 호수 보이는 모든 곳이 다 놀이터다.

그중에서 초당의 난설헌 허초희의 생가는 내 쓸쓸함을 달래기에 충분했던 곳이기도 하다.

아름드리 소나무가 숲을 이루고 솔숲 사이로 난 길은 경포호로 이어진다. 아침 산책길에 만나는 소리들과 저녁노을에 어리는 색조 때문에 나는 발목을 잡혔는지 모른다. 특히 강릉을 떠돌면서 문득 멈춰선 저물 무렵 대관령으로 지는 저녁노을은 동해에서 뜨는 일출보다도 마음에 새긴 장엄한 풍경 중에 하나이며 강릉을 떠나서 보고 싶어지는 첫 번째 광경이다. 여름이 오는 갈수기의 노을이 장엄하고 아름답다.

강릉은 연꽃이 한창이다.

경호를 에두른 습지에는 연꽃이 여름 한 풍경을 자아내고 있다.

뿐만 아니라 '1960년대 말까지만 해도 경포호수의 상류에서 볼 수 있었다'고 구전으로만 전해져오던 가시연의 씨가 잠에서 깨어 다시 싹이 트고 꽃이 핀 것이다. 사라진 것들은 다시 그리워지고 그리운 것들은 하나의 풍경이 된다.

사임당 신 씨의 그림 중에 〈연꽃과 백로〉가 있다. 민화적 요소를 가미한 이 그림은 백로의 자태를 사실적이고 생동감이 있게 나타낸다. 특히 백로의 주위를 약간 어둡게 처리한 기법이 새롭다. 또한 연밥과 백로는 흰색의 청렴한 선비의 인격을 비유하며 연밥과 백로를 함께 그린 것은 향시와 전시 두 번의 과거에 연이어 합격하라는 의미를 담고 있다고 한다.

사임당 신 씨가 살던 곳은 북평촌(오죽헌)이다. 경포호수가 그리 멀지 않은 곳이고 호수 주변에는 연꽃이 피어났을 듯싶다. 요즘 한창인 그 연꽃을 보러 가는 즐거움에 흠뻑 빠져 있다. 아침 산책길은 주로 초희네 집 뒷길을 돌아 경포 연꽃밭으로 갔다가 돌아오는데, 햇살이 퍼지기 전에는 잔잔히 깔리는 연꽃 향기에 취하고 햇살이 들기 시작하면 가만가만 꽃잎을 여는 그 자태에 반해 숨이 멎을 지경이다.

풍경은 그리움을 담는다.

새로울 것도 없지만 현실과 꿈의 경계에선 머무름과 떠남을 요구한다. 지금까지 내 산책길의 풍경이 된 강릉 초당과 경포를 떠날 때가 된 것 같다. 내 안에 자리 잡은 강릉이라는 풍경과 그 풍경을 담아낸 『이끼, 푸른 문장을 읽다』와 『말 주머니』는 그리움이라는 집을 짓기에 불쏘시개쯤은 될 듯하다.

지금 한창 피어나는 가시연은 오십 년이라는 잠에서 깨어나 자신의 존재감을 드러낸다. 온몸이 가시로 뒤덮여 있지만 꽃이라는 존재를 들어낼 때는 가장 여리고 아름다운 색조로 치장을 하고 가장 맑고 밝은 빛 가운데 우뚝 서게 한다.

가시연의 씨가 땅속에 휴면 상태로 묻혀 있으면서도 자신의 잠을 깨울 때를 기다린 것처럼 언젠가 미래는 내 앞에 나타나게 될 것이다.

가을 밤 기차를 탔다

대구행 저녁기차를 탔다. 오랜만에 떠나는 밤 여행이다.

도심을 지나 서서히 농촌의 들녘을 지나면서 저녁노을이 한 폭의 유화처럼 차창에 걸린다. 노을은 잠깐 사이에 저녁을 향하여 간다. 붉은 놀빛이 조금씩 어둠으로 묽어지면서 저녁이 왔다.

기차를 타고 대구로 향하던 날은 조금씩 구름이 몰려왔다. 비온다는 예보는 없었지만 구름이 자꾸 몰려왔다. 그런 탓에 아름다운 서향을 맛볼 수 있었다.

처음 길을 나설 때가 생각난다. 많은 이야기를 들었지만 그중 "그냥 떠나"라는 말보다 잘 어울리는 말을 찾지 못했다. 뒤늦게 배운 여행의 즐거움이지만 여행은 떠남에 있음을 알게 되었다.

떠남은 또 다른 나를 만나게 한다. 낯선 곳에 자신을 맡겨야 한다. 마음도 단단히 해야 하며 앞으로 이어질 여정은 몸으로 부대끼고 헤쳐 나가야 한다. 길도 물어보고 물도 얻어먹고 잠자리도 구걸해야 하는 일도 생긴다. 그 모든 것을 한 번쯤은 겪어야 한다. 배낭여행도 좋고 무전여행도 좋다.

혼자 떠나는 여행은 외롭지만 많은 사람을 만날 수 있어 좋다. 발 닿는 대로 떠도는 여행은 더없이 즐겁다. 여행은 즐거운 고통이 수반되어야 오래 기억된다.

기차가 터널을 통과하는가보다. 사과 같은 맛의 사투리가 들리는 걸 보니 경상도 어느 산골을 지나는 것 같다. 어디가 어딘지 모르고 떠나는 밤의 어둠 속으로 반복적으로 들리는 레일의 금속성이 정겹게 들린다. 김천을 지나고 상주쯤일까? 앞에 앉은 중년의 아낙이 내리고 연인으로 보이는 젊은이들이 탔다. 같은 색깔의 옷을 입은 걸 보니 연인으로 보였다. 상주에 곶감여행이라며 아침에 왔다가 가는 길이라고 했다. 말랑말랑한 반 건시 하나를 건네며 맛보라고 한다. 보기에도 입맛이 돌았다.

차창 밖은 시시각각 바뀌는 풍경과 하나둘씩 켜지는 불빛이 어둠을 배경으로 선명하다. 작은 도시의 역을 지나면서 내리고 또 타는 사람들의 표정은 기차여행에서 느낄 수 있는 향기이다.

기차가 대구에 가까워오는 것 같다. 안내 방송이 나온다. 무작정 나선 길이라 일단 내리기로 한다. 아직 시내버스가 끊길 시간은 아닌 듯하여 팔공산 쪽으로 가는 버스를 타기로 했다. 조금 기다리자 버스가 왔다. 막 타려는데 누군가 말을 건다. 방향이 같다면 택시를 타고가지 않겠냐는 것이다. 네 사람이 타면 조금 비싸기는 해도 편안하게 갈 수 있을 듯했다. 뜻하지 않게 같은 방향의 일행이 만들어진 것이다. 두 사람은 부부인 듯했고, 한 사람은 사십 대의 사내였다. 어찌됐건 버스는 떠났고 급조된 우리 일행의 택시도 팔공산으로 달렸다.

파계사 입구에서 내렸다. 서로 작별 인사를 하고 나는 파계사로 발길을 옮겼다. 그런데 이들도 나를 따라온다. 많은 사람이 움직이면 부처도 눈가에 주름이 생길 듯하다. 내 딴에는 대웅전에 들어 백팔배를 올리고 좌복에 앉아 눈을 감겠다는 생각이었는데 다 따라 들어온다.

'해 떨어지지 전에 산문에 들라'는 말처럼 고요하고 적요가 감돈다. 어찌됐건 대웅전에 들어 절을 올린다. 이들도 나를 따라 절을 올린다. 그러나 백팔배가 어디 만만한 성불이냐? 땀이 나고 온몸이 쑤시는지 엎드렸다가 일어나는데 만근이다. 그러는 사이 나는 백팔배를 다 올리고 좌복에 앉았다. 그냥 잠에 들었다. 새벽 예불 시간이 돼서야 목탁소리에 잠이 깼다. 밤늦게 든 중생을 어쩔 것인가?

아침 예불을 올린 탓일까? 바람이 시원하다. 아침 공양이 달다.

지난밤의 거처가 안녕하였으므로 또 길을 나선다. 시간에 물든 단풍 신을 꺼내 신고 달포쯤 떠나는 길의 첫날밤이 지나갔다.

그늘

봄, 햇살의 힘이 뜨겁다.
얼음을 녹이는 햇살의 창끝이 야무지다.
봄 봄. 또 살아봐야겠다는 꿈을 꾼다.
시간은 배경이 된다.
누군가 지나간 시간을 현상한다.
암실 속에 웅크린 희미한 기억들이 현상된다.
기억의 배경이 되는 곳에 그대가 있다.
그늘은 희미하고 어둡다.
서늘하고 축축하다.
바닥에 주저앉은 눈물이다.
울컥 울음이 터질 것 같다.
아름다웠던 순간들의 그늘은 늘 그렇다.
오래전에 읽은 『아낌없이 주는 나무』를 다시 읽는다.
그대의 굽은 생이 그늘이었구나.

솔모정 할아버지

솔모정 할아버지가 내려오셨다. 큰 키에 허리가 구부정한 걸음
구경거리가 마땅치 않은 동네 애들 할아버지 뒤를 따라다녔다.
그건 걸음이 아닌 걸음새 황새가 추는 춤새
춤새가 사는 갈참나무 빼곡한 솔모정은 대낮에도 여우가 울다
가곤 했다.
흙 바람벽에는 산토끼나 족제비가 발려져 엎드려 있었다.
꿀벌통이 많아 벌에 쏘일까봐 조마조마했고
털이 까만 쌀개가 가랑잎 떠는 소리에 귀 세우고 사납게 으르렁
거렸다.
어쩌다 심부름 가서도 대문간에 들어가지도 못했다.
개 짖는 소리에 할아버지가 지개이 지개이 개를 쫓으며
대문을 열고 나오셨다.
큰 키에 경중대는 황새처럼 술 한 잔에 흥이 많아 걸음새가 춤
추듯 했다.
들밥을 먹고 밤나무 그늘을 따라 춤새를 풀어놓기도 했다.
겉옷을 뭉쳐 등에 넣고 곱새춤도 추었다.
병신 육갑한다는 춤
제 흥에 겨워 얼쑤 춤을 추었다.
어린애들은 구경하다가 그냥 하나둘씩 일어나
춤사위를 따라 춤을 추었다.
아이들은 쉽게 빨리 배웠다.

아무도 그 춤의 내력을 묻지 않았다.

마을 사람들은 조금 아는 듯했으나 말한 적이 없었다. 다만

솔모정 할아버지가 내려오면 막걸리 한잔하고 가라고 불러들였다.

그러면 할아버지는 한잔하고 말없이 솔모정으로 들었다.

바람이 이끄는 대로 나무들은 춤새의 몸짓을 내주었다.

자연에서 온 말 받아쓰기

요즘 받아쓰기를 한다.

엄마의 말을 받아쓰다가 요즘엔 가끔 꿈에서나 만나 살던 날의 이야기를 듣는데, 꿈 밖으로 끌고 나오면 다 사라진다.

나와 살던 사람들이 연락이 안 닿거나 보이지 않으면 벌써 하늘로 갔거나 산으로 갔다. 이미 나무가 되거나 풀이 되었거나 바람이 되었을 것이다.

산 아래 살다보면 나도 산의 말을 듣는다. 바람소리거나 새들이거나 짐승의 울음소리 같은 말들뿐만 아니라 오디가 익는 소리, 봉삼이 피는 소리, 버섯이 돋는 소리 등등 온갖 소리들이 들린다. 생의 울음일 수도 있는 자연의 소리를 새겨듣는다.

시어는 새겨듣는 데서 온다. 산에 들면 산의 언어를 새겨들어야 한다. 산에서 만나는 것들은 모두 산의 언어를 쓴다. 꽃이 그렇고, 나무가 그렇고, 안개가 그렇고, 구름이 그렇다. 산과 함께 수천 년을 살면서 이미 몸에 밴 것들이다. 처음에는 낯설었던 말들이 올해도 그 자리에서 그 빛깔 그 모양으로 찾아와 말을 건넨다.

산에서는 모든 것이 그러하다. 내년에도 그 자리에 찾아올 것이라는 그러한 것. 서로가 서로의 자리를 내주는 것이 언어다.

산의 언어는 있는 그대로의 날것의 언어다. 입말이며 몸짓이다. 몸짓은 이미 인간의 언어 영역은 아닌 듯싶다. 감성의 사유를 일으키는 말은 모두 날것이다. 그 말들은 모두 몸의 언어에서 나왔다. 감각적이고 감성적인 것이 몸이 아니라면 알아들을 수 있을까.

산에서는 거리감이 없다. 스치고 부딪히고 넘어진다. 당연히 상처로 얼룩진다. 얼룩을 들여다보는 사이, 서로 두려움의 거리를 지우고 그 사이마다 소통의 몸짓을 나누는 것이 산의 언어를 배우는 첫 장이 될 것이다.

보내지 않았는데 벌써 갔네

1판 1쇄 발행	2021년 10월 8일
지은이	허림
발행인	윤미소
발행처	(주)달아실출판사
책임편집	박제영
디자인	전형근
마케팅	배상휘
법률자문	김용진
주소	강원도 춘천시 춘천로 257, 2층
전화	033-241-7661
팩스	033-241-7662
이메일	dalasilmoongo@naver.com
출판등록	2016년 12월 30일 제494호

ⓒ 허림, 2021
ISBN 979-11-91668-17-9 03810